ISBN 978-88-9388-060-2

Prima edizione Baldini&Castoldi - La nave di Teseo novembre 2017

Published by arrangement with The Italian Literary Agency

Graphic designer *Francesca Invernizzi*
Copertina e illustrazioni di *Maria Cristina Costa*

www.baldinicastoldi.it
info@baldinicastoldi.it

BaldiniCastoldi
BaldiniCastoldi
baldinicastoldi
baldinicastoldi

ROMANZI E RACCONTI

Catena Fiorello

Un amore fra le stelle

TAVOLE ILLUSTRATE DA

Maria Cristina Costa

BALDINI & CASTOLDI

A Edoardo,
che ama la Befana e la cerca in ogni luogo

23 dicembre

Babbo era rincasato da pochi minuti dopo una lunga giornata di lavoro e aveva una gran fame.
Dopo aver girato tutto il giorno tra clacson impazziti, auto in doppia fila, biciclette che non stavano mai sulla pista ciclabile e pedoni imbufaliti che rischiavano la vita a ogni passo nel traffico ostile, era pronto per gustarsi una cenetta coi fiocchi.
Appoggiò il borsone per terra e fece un bel sospiro.

Richiuse la porta dietro di sé.
Era abituato alla vita frenetica, ormai era un Babbo metropolitano, ma negli ultimi anni le strade di ogni quartiere erano diventate caotiche.
La città cominciava a stancarlo e sentiva la nostalgia di Rovaniemi, il suo villaggio natale in Finlandia. Lì aveva lasciato un sostituto fidato che ogni settimana gli mandava notizie incoraggianti, informandolo che tutto procedeva per il verso giusto. Bastava rimanere in contatto e dispensare i consigli giusti.
Il suo sostituto, con l'ausilio di alcuni aiutanti più giovani, era anche in grado di evadere la posta che si accumulava dentro alla cassetta. Migliaia e migliaia di lettere da tutto il mondo.

Ma nei giorni a ridosso del Natale lo stress della città in cui si era trasferito si ingigantiva, si esasperava, diventava quanto di peggio si potesse immaginare.
Era un periodo talmente faticoso da sopportare che la gente lo chiamava *il girone della fretta indemoniata*. Tutti correvano di qua e di là, desiderosi di portare a termine le ultime fatiche, con il rischio di perdere il controllo senza un reale motivo, prima di sedersi finalmente a tavola per godersi il tanto sospirato cenone con parenti e amici.
Quel pomeriggio dell'antivigilia Babbo aveva visto per le strade i genitori zigzagare come saette impazzite alla ricerca del regalo ideale, e osservandoli si era intenerito. Quanta ansia nei loro occhi! Cercavano di accaparrarsi l'ultima bambola pubblicizzata

in televisione o il drago sputafuoco più tecnologico che esisteva, tra gli scaffali semivuoti e le casse prese d'assalto senza alcun riguardo.

Chi spintonava, chi urlava per farsi sentire dai commessi distratti e sfiniti... Quante ne aveva viste di scene così negli anni passati! Le mamme e i papà erano la prova vivente che i genitori sono angeli travestiti da persone comuni.

Ma ora aveva fame! Sì, non poteva più aspettare.

Si tolse il cappotto e accese la radio per ascoltare il notiziario.

La voce dello speaker lo informò che sulla Statale 31 per i Laghi delle Meraviglie c'era stato un brutto incidente, che dall'altra parte del mondo una ragazza era diventata regi-

netta di bellezza e che... ultima chicca, stava per arrivare una bufera di neve colossale.
«Ecco, ci mancava pure questa», sbuffò tra sé. La ciliegina sulla torta.
Nel giro di poche ore nessuno sarebbe più potuto uscire di casa, nemmeno per andare all'ospedale. E quei poveri camionisti, costretti a viaggiare anche col maltempo, forse sarebbero rimasti bloccati per ore sull'autostrada prima di poter raggiungere i loro cari.
«Cavoli!» si disse preoccupato, mentre si sfilava le scarpe e i suoi piedi gridavano aiuto per il troppo camminare. «Vuoi vedere che se non mi sbrigo rischio anche di restare a digiuno?»
Agguantò le pantofole che aveva lasciato sotto al tavolino del salotto e si mise como-

do. Le dita dei piedi sembravano würstel cotti sulla piastra!
Seduto sulla sua vecchia poltrona di pelle rossa cominciò a riflettere su come affrontare la bufera. Aveva girato ininterrottamente in quei giorni, senza risparmiarsi, e non ce l'aveva proprio fatta a fare la spesa. Doveva almeno procurarsi il necessario per una cenetta veloce.
«Se più tardi comincerà a nevicare è meglio che esca subito. Non posso certo farmi sorprendere dalla neve, perbacco!»
Spinto dal bisogno di mettere qualcosa sotto i denti – anche solo un pezzo di formaggio – si alzò a fatica avvertendo degli scricchiolii alla schiena. Doveva verificare cosa fosse rimasto nel frigorifero. Nei pochi istanti che impiegò per entrare in cucina

i dolori alla zona lombare si fecero ancora più intensi, ma decise di ignorarli con la tenacia dei forti.

Erano acciacchi dovuti all'età, inutile negarlo, ma lui li sopportava con una volontà encomiabile e con la convinzione che la vecchiaia fosse solo un'idea di chi non capiva nulla della vita. Ma quale tempo, quale stanchezza! Sono tutte giustificazioni per quando non si ha voglia di fare il proprio dovere. L'età è un concetto senza senso. Finché c'è l'entusiasmo nessuno può definirsi vecchio.

Queste considerazioni erano il risultato di una consolidata esperienza. Chi avrebbe mai potuto contraddirlo?

E poi, lui era un uomo che ne aveva sopportate tante lungo il cammino, non poteva di

certo sottrarsi alle imprese che lo attendevano solo per un mal di schiena.
Aprendo lo sportello del frigo, però, fu costretto a constatare che all'interno c'era solo un vuoto angosciante: un uovo abbandonato in un angolo chissà da quanti giorni, due sottilette ammuffite e mezzo limone rancido.
In fin dei conti, era prevedibile. Con tutte le volte che restava fuori a pranzo e a cena non era certo una sorpresa!
Il suo lavoro non si esauriva nelle settimane che precedevano le feste natalizie, lo teneva occupato tutto l'anno in giro per i quartieri della città alla ricerca di bambini a cui offrire il suo sostegno, morale e concreto.
Babbo per loro c'era sempre, anche quando non lo si vedeva in carne e ossa. Anzi,

di farsi vedere non ci pensava proprio, se non qualche volta alla consegna dei doni di Natale.

Agiva in silenzio, proteggendo i bimbi con il suo grande cuore e una sensibilità infinita. L'ultimo caso di cui si era occupato, ad esempio, era quello di un bambino straniero gravemente malato di leucemia i cui genitori non avevano le possibilità economiche per curarlo a dovere.

Aveva fatto di tutto per aiutarli, mettendo loro a disposizione un gruzzoletto perché potessero farlo ricoverare in Italia. E alla fine il piccolo Mathias ce l'aveva fatta. Ma di tragedie così ne accadevano ogni giorno, e Babbo cercava di aiutare i più sfortunati come meglio poteva.

Certe sere, davanti alla televisione, era tentato di scagliare il piatto contro lo schermo per punire quei politici insensibili che parlavano di chiudere le frontiere.

Che ne sapevano loro di sofferenza?

Tranquilli e al calduccio nelle loro case non erano in grado di capire l'angoscia di chi scappava dall'inferno, da luoghi dove la pace era una chimera persino nelle preghiere. E a farne le spese erano sempre e soltanto i bambini.

Piuttosto bisognava lottare per inculcare un po' di umanità in chi ignorava volutamente le guerre che incendiano il mondo.

Così, preoccupato e infreddolito, decise di fare in fretta per assicurarsi l'occorrente per la cena.

Per fortuna a due isolati da lì c'era il suo amico bengalese, pronto a risolvergli le tante emergenze che lo sorprendevano alle ore più insolite.

Alen, il proprietario del minimarket, non conosceva la sua vera identità e sapeva poco del suo passato. Babbo si era presentato a lui come un benefattore della società, e ad Alen questo aspetto gentile e altruista del suo cliente piaceva molto. Poteva essere un medico, un infermiere, oppure uno della Protezione Civile... chissà.

Era anche l'unico con cui faceva volentieri due chiacchiere sincere. Da quando era arrivato in Italia, preso com'era dal dover lavorare per portare il pane a casa, Alen non si era mai potuto permettere di fare amicizie con leggerezza. Nel suo negozio vendeva dal salame alla carta igienica e chiudeva sempre dopo tutti gli altri commercianti, per consentire anche a chi rincasava tardi di fare acquisti. Ormai si era creata una vera e propria clientela fissa, con esigenze di ogni tipo: persone che tra una compera e l'altra sentivano la necessità di scambiarsi un saluto, raccontandosi i fatti della giornata.

La solitudine non tocca solo ai vecchi, pensava Alen scrutando con attenzione chi entrava nel suo negozio. Le loro storie erano tutte diverse, ma simili alla fine, almeno negli aspetti che più lo incuriosivano: gioie, dolori, dispiaceri e speranze.

C'era il dj tatuato che viveva di notte e si svegliava tardi e che malgrado l'aria burbera aveva uno sguardo tenero e infantile; l'universitaria trasandata in tuta da ginnastica e i capelli legati che mentre riempiva il cestino fantasticava sul suo futuro: un giorno sarebbe diventata un'importante ricercatrice e avrebbe salvato tante vite dal cancro; a volte si materializzava, sempre più stanco, il manager che veniva a prendere il latte per la colazione del giorno dopo, e altre passava la ballerina che metteva nel carrello di tutto: caramelle, surgelati, marmellate, spezie ma anche detersivo per la lavatrice, yogurt e biscotti di soia.

Pagando alla cassa ognuno di loro svelava qualcosa di sé, raccontava dei suoi drammi, ma anche delle piccole gioie del quotidiano.

Spesso Alen si era ritrovato – anche senza volerlo – a fare ad alcuni clienti delle vere e proprie sedute psicanalitiche, e quando qualcuno usciva da lì col sorriso sulle labbra lui si sentiva felice. Era come aver permesso al sole di spuntare in un giorno di pioggia battente.

In fondo, per far del bene al prossimo, non servono gesti eclatanti. Basta ascoltare, e offrire il proprio aiuto quando succede qualche guaio. A lui era accaduto di ricevere dal suo cliente preferito un sostegno tangibile, la sera in cui al minimarket erano entrati dei tipi loschi per fare una rapina. Alen si era fatto piccolo piccolo e tremava, ma Babbo per dargli coraggio si era messo davanti a quei due giovanotti alti e grossi, affrontandoli con molta calma. I malfattori, ancora con il casco in testa per non essere riconosciuti, avevano capito subito che non c'era trippa per gatti ed erano scappati con la coda tra le gambe. Se li era portati via il vento che quella sera soffiava incessante, umiliati dalla forza superiore di Babbo.

«Pericolo scampato Alen, dai vieni qua, esci fuori dalla tana», gli aveva detto Babbo per tranquillizzarlo. Ma lui era rimasto nascosto per un altro quarto d'ora. Non voleva proprio saperne di uscire da sotto il banco dei salumi. E continuava a tremare, recitando una strana preghiera nella sua lingua.

Babbo, pressato dall'urgenza di procurarsi gli ingredienti per la cena, fu quasi tentato di andare al minimarket in Vespa, ma viste le previsioni del tempo reputò che non fosse la soluzione migliore. Inoltre la sua vecchia compagna di scorribande era stanca di fare miracoli. Prima o poi si sarebbe dovuto decidere a seppellirla da qualche parte. Ma lo aveva accompagnato dappertutto, povera Vespa dell'era glaciale! Non poteva abbando-

narla senza pietà in un cimitero. No, non era ancora arrivato il momento di dirle addio.
Uscì controvoglia. Chiuse la porta, girando più e più volte la chiave nella serratura, e si incamminò. Nel suo nido da single aveva accatastato un bel tesoro: un'inestimabile quantità di giocattoli, che di lì a poche ore avrebbe dovuto distribuire. Se qualcuno glieli avesse rubati per una stupida distrazione non se lo sarebbe mai perdonato. I ladri, specie in quel periodo, erano un pericolo costante. La polizia faceva il suo dovere, controllava con solerzia le strade della città fino negli angoli più sperduti delle periferie, ma non bastava, e le case erano sempre a rischio di qualche brutta visita.
Faceva un freddo polare. Per la fretta si era dimenticato di indossare sciarpa e guanti

così si strinse nel cappotto, con la speranza di non prendersi un raffreddore. Si alzò il bavero fino alle orecchie, ci infilò dentro la lunga barba e si coprì anche il naso, nella speranza di passare inosservato. Era un uomo discreto, e gli piaceva stare al centro dell'attenzione solo tra i suoi amati bambini, unica gioia di un mondo che stava andando sempre più verso il baratro. Sentì il gelo pervadergli il corpo, e per riscaldarsi cominciò a sfregarsi le mani alitandoci sopra.

«Urca che brividi! La prossima volta eviterò di lasciare il frigorifero vuoto.»

Stava per attraversare la strada quando una figura indefinibile, imbacuccata dalla testa ai piedi, gli sbarrò il passo. Non si capiva nemmeno se fosse un uomo o una donna.

«Ehi tu!» strillò indispettito. «Ma che combini? Così mi fai cadere!»
Quella mummia vivente sembrò non dare peso alle sue rimostranze e continuò a ignorarlo, ma quando i brontolii di lui si fecero più forti quella strana presenza fu costretta almeno ad alzare la testa.
«Che vuole da me?» esclamò. «E perché tutta questa confidenza? Per caso ci conosciamo? Mi ha fatto pure cadere gli occhiali!»
Perbacco, dal tono sembrava una donna.
«Be', non pensavo di offenderla», rispose prontamente Babbo, punto sul vivo. E intanto aguzzò lo sguardo per capirci qualcosa.
Oh sì, si trattava proprio di una donna, anche se sarebbe stato impossibile accorgersene a prima vista. E quella voce gracchiante disturbava pure le orecchie.

«Invece mi sono offesa eccome», replicò la strana signora.
Babbo si era reso conto di aver sbagliato l'approccio iniziale. In effetti, data la sua proverbiale saggezza, lui non era abituato a giudicare le persone dal modo in cui vestivano, ma lì per lì si era fatto prendere la mano e aveva trattato con discutibile superficialità la persona che aveva di fronte. Non era certo un cafone, però la prima impressione lo aveva lasciato un po' frastornato. E anche se appariva evidente che quella davanti a lui non era di sicuro una signora dell'alta società, che differenza faceva? Stracci o pelliccia era pur sempre una donna!
Superati i primi secondi di incertezza, doveva porre rimedio. Almeno per salvare le apparenze. Altrimenti anche lui sarebbe in-

cappato nella solita abitudine degli uomini di considerare una donna solo per il suo aspetto e per la mise che indossa.

Le sue mani, tuttavia, erano molto curate, e Babbo era rimasto quasi ipnotizzato dai suoi grandi occhi celesti.

Peraltro la signora si atteggiava con un'innata sicurezza, come una regina uscita dal suo castello per fare una passeggiata.

Ma appena sorrise sarcastica per farsi beffe di lui, ecco lo shock.

Aveva la bocca tutta sdentata!

Come mai?

Che paura!

Lei lo guardava sempre più incuriosita, lo sfidava quasi.

Babbo ebbe come la sensazione di trovarsi davanti a una persona non comune. E stavolta non era un'impressione superficiale. La signora, pur essendo trascurata, era decisamente diversa dalle altre che aveva incontrato finora. Gli balenò l'idea che assomigliasse a…

A…

Ma sì…

«Senti, ma tu… Oh, pardon! Lei, lei è…»

«Sì, sono proprio io. Poche storie, però, non sono qui per giocare agli indovinelli!» rispose, rimettendosi gli occhiali.

Oddio, ora ne era certo… Sì, quella donna era davvero la Befana.

«Vedo che lei è molto arguto, caro signore. Però non ho capito perché continua a urlare come se fossimo allo stadio.»

Ci risiamo! sbuffò lui. Un altro rimprovero e nemmeno si conoscevano. Ma cosa voleva quella stregaccia da lui? Non pensava mica di poterlo trattare come uno stupido solo perché era la Befana!

Dall'alto della sua sicumera la Signora della Notte spalancò la bocca e disse, come se stesse annunciando una catastrofe: «Oh cielo! Ma lei è... Sì, lei è... Certo, adesso sono sicura: lei è Babbo Natale!»

Non le era mai capitato di trovarselo a pochi centimetri dalla gonna, e se non avesse osservato meglio le sue scarpe – anzi, i suoi scarponi – non lo avrebbe mai riconosciuto. Per l'agitazione si tolse lo scialle dalla testa e cominciò a sventolarsi. Cercò di mantenere il suo aplomb per non apparire emotiva ai suoi occhi.

Poi smise di fare la superba e aggiunse, quasi divertita, che conciato in quel modo, lui... Sì insomma, il caro Babbo dei suoi stivali (e

che stivali!), sembrava un pupazzo in carne e ossa.
Ma pensa un po' se doveva imbattersi in una presuntuosa simile! considerò lui al limite della pazienza, ormai convinto che per colpa di quell'incontro non sarebbe più riuscito a trovare da mangiare.
La bufera di neve era dietro l'angolo, almeno a dare ascolto alla radio.
Befana intanto non si muoveva da lì, bloccandogli il passaggio, ed era anche diventata piuttosto curiosa: «Non vorrei essere fraintesa signor… ehm, signor Babbo Natale» (e intanto ridacchiava, chissà perché) «ma le confesso che pensare a lei, in certi momenti, mi toglie il sonno! E non per simpatia, eh! Sapesse quanto sono felice di poterla osservare così da vicino. Mi ero fatta tutta

un'altra idea della sua persona, e invece è solo un povero nonnino infreddolito».
La sua voce già stridula si fece pure più acuta, come quella di una cornacchia. Stava decisamente oltrepassando ogni limite. Dov'era finito il rispetto che ci si sarebbe aspettato tra colleghi? Sotto quale montagna era stata seppellita la buona educazione, doverosa tra due persone adulte e consapevoli? E poi era stata lei a sbarrargli il passo, a causa della sua distrazione. Babbo già la detestava.
Basta così! Stava quasi per farla pentire della sua arroganza, quando pensò che forse era meglio soprassedere. Però era lei che lo stava attaccando in maniera subdola, avvelenandolo con quella risatina isterica. Lui, in ogni caso, avrebbe mantenuto il suo autocontrollo.

«Credo che io e lei non abbiamo altro da dirci, mia cara Befana», disse Babbo per chiudere il discorso. Se lei avesse detto solo un'altra parola, sarebbe stata la fine.
Babbo le porse la mano per salutarla, ma lei la ritrasse decisa. Voleva sfidarlo a un duello all'ultimo sangue per vedere la sua reazione e gli disse: «Perché dovrei accettare i suoi saluti se da quando mi ha incontrata non ha fatto altro che aggredirmi?»
«Ah! Io l'avrei aggredita? Questa è bella! E poi, di quale incontro sta parlando? È lei che mi si è parata davanti come un carro armato!»
«Oh, io per lei sarei un carro armato? Ma se sono una silfide! Io ho soltanto detto la verità. Lei mi ha guardata sin dal primo momento come se fossi l'ultima mendicante

della terra. E anche se lo fossi, che ne sa lei della mia storia? E non ha ancora smesso di sputare giudizi. Lo vedo come continua a fissare senza vergogna la mia bocca.»

«Non credo proprio», rispose lui. Anche se, a dire il vero, gli sarebbe piaciuto consigliarle il nome di un bravo dentista.

Befana, più agguerrita che mai e decisa a non lasciarlo andare prima di essersi presa la sua rivincita, continuò a parlare. Ormai si era innescato un meccanismo perfido per vedere chi fosse il più temerario. «Be', allora, se come dice Sua Maestà non merito nemmeno delle scuse significa che ho colto nel segno», lo rimbeccò. «Questo non fa altro che attestare la sua nota misantropia. D'altronde, la sua storia sentimentale parla chiaro! Babbo Natale è single da sempre, o sbaglio?»

«Perché, da quando la Befana ha un marito? Oppure mi sono perso la notizia delle nozze mentre dormivo?» Adesso Babbo era inarrestabile, infatti aggiunse: «Senta, cara signora *SOTUTTOIO*, a me sembra che sia lei a giudicare! Io sono Babbo e non temo le offese degli altri, e ancora meno temo le sue gelosie. Io non mi faccio sfiorare dall'invidia dei miserabili, semmai sono i miei avversari a vedermi come un ostacolo. Se mi offende sono obbligato a difendermi. Tutto qui». E continuando su questo tono, disse: «E mi permetta di suggerirle di guardarsi allo specchio prima di uscire. Sì, insomma, se lo facesse avrebbe modo di rendersi conto di come va in giro vestita. Non vorrei offenderla, ma sembra proprio una mendicante. Ecco, l'ho detto».

«E menomale che non voleva parlare», replicò laconica lei. Poi spalancò ancora una volta la bocca per liberarsi di quei giudizi con una sana risata.

Babbo aveva voluto colpirla con parole inopportune, anche se non era nel suo stile. Ma era stato obbligato a farlo.

Decisa a rendergli pan per focaccia, e più agguerrita che mai, Befana scagliò qualche altra freccia avvelenata. Ecco la prima: «Lei è libero di esprimere i suoi pensieri, siamo in democrazia. Ma se crede di essere migliore di me solo perché veste come un pomodoro, è doveroso che io le ricordi che l'abito non fa il monaco». Poi un'altra: «Sono io, e soltanto io, la vera Regina del Natale, perché io chiudo il ciclo delle feste natalizie che i bambini attendono con trepidazione. Loro non aspettano altro che vedermi arrivare il 6 gennaio sulla mia scopa, con il fazzoletto in testa e il sacco stracolmo di regali. E adesso, per favore, la faccia finita e mi lasci passare. Ho bisogno di spazio».

«Ascolti», le rispose d'impeto Babbo, desideroso solo di ammutolirla, «è lei che deve togliersi dai piedi per farmi passare. In realtà su questa strada mi sembra che ci sia abbondante spazio per tutti, anche se, chissà perché, mi sono ritrovato con le sue gonne attaccate al cappotto. È lei che mi si è messa davanti come una mummia. Le piace di più questo paragone? Infine, per chiarire le nostre posizioni, vorrei puntualizzare che è il sottoscritto, e soltanto il sottoscritto, ripeto per dovere di cronaca, il Re incontrastato della gioia dei bambini.

Loro continueranno a scartare i miei regali anche dopo Capodanno, per lei invece ci sarà esclusivamente la gloria di un solo giorno. E non mi faccia dire altro, perché potrei farla piangere, cara signora con la buffa scopa di paglia!»

«Non ci penso nemmeno a spostarmi da qui», disse lei con voce gracchiante.

La sfida tra i due, insomma, era diventata una vera battaglia.

Ma proprio mentre discutevano animatamente sui loro ruoli e sui loro superpoteri, una motocicletta lanciata a tutta velocità li fece finire a terra con una violenza inaudita. Prima cadde Befana, come una pera matura, poi fu la volta di Babbo, che le rotolò accanto come un salame, mentre la moto scompariva dietro una curva.

«Disgraziato!» gridò lei furiosa. In effetti il motociclista, oltre al torto di guidare a una velocità indegna, non si era nemmeno preoccupato di fermarsi.

«Davvero una vergogna», aggiunse Babbo, indignato nel constatare il menefreghismo con cui alcuni conducenti di auto e moto si comportavano nei confronti dei pedoni inermi. «Ma Dio li guarda, e ai suoi occhi non possono sfuggire», concluse con una nota di rammarico.

«Mamma mia che male!» disse Befana ancora sotto shock e toccandosi dappertutto. Fortunatamente era rimasta illesa. E anche Babbo non si era fatto quasi nulla.

«Come va?» le domandò con il *savoir-faire* dell'uomo galante, malgrado il battibecco di prima.

«Penso bene», ribatté lei all'istante, rimanendo però sulle sue, e pronta a reagire se ce ne fosse stato bisogno. «A parte lo spavento che mi ha procurato quel teppista, mi sembra che non ci siano danni evidenti, anche se ho dei graffi sulle mani e non so dove sia finita la mia scopa.» Intanto continuava a toccarsi la testa e le gambe per controllare che non ci fossero ferite. «Lei, piuttosto, ha bisogno di qualcosa signor pupazzo di neve?»

Non perdeva la perfidia nemmeno dopo aver rischiato la vita.

Si rimisero in piedi, sorreggendosi a vicenda e aiutandosi come potevano, per poi ammettere con tutta franchezza che erano stati davvero fortunati.

«Potevamo finire in ospedale con qualcosa di rotto», constatò lei sollevata.

«Sì, però a me fanno male tutte le ossa», replicò Babbo brontolando.

«Lasci stare e pensi positivo. Domani è un altro giorno. L'ha visto quel film dove l'attrice pronuncia questa frase alla fine?» disse Befana.

«Ma pensa che i film in televisione li vede solo lei?» Ora Babbo si stava proprio alterando.

«Oh oh oh, invece di fare il sostenuto, l'ha capito o no che io le ho salvato la vita?» Befana cercava di stuzzicarlo un po' per farlo distrarre.

In effetti, sembrava Babbo il più indispettito fra i due.

Lei cominciò a scrollarsi di dosso lo sporco che le si era appiccicato sugli stracci che indossava, e Babbo evitava di toccarsi là dove aveva battuto più forte: proprio nel didietro!

«Allora io tolgo il disturbo», disse Befana. «Mi sembra che qui ci sia qualcuno di troppo.» Sotto sotto, però, sperava che lui la trattenesse.

E infatti…

«Aspetti un attimo.»

Si era pentito di come l'aveva trattata e così le disse: «Forse è meglio se facciamo un salto a casa mia. Abito proprio qui vicino. Potrei offrirle qualcosa di caldo per rimetterci in sesto. Vuole provare a fidarsi di me? Che ne dice?»

Befana aveva raggiunto il suo obiettivo: intenerirlo al punto da farlo diventare docile e gentile. Aveva proprio bisogno di sciacquarsi le mani e il viso con dell'acqua tiepida e, perché no, darsi anche una sistemata ai vestiti. Ma si prese comunque qualche istante prima di accettare l'invito. Poi, con il suo solito piglio, disse: «Innanzitutto vorrei recuperare la mia scopa, perché senza sono rovinata». E subito si guardò intorno per vedere dove fosse finita la sua inseparabile alleata di saggina.

«Ci penso io», la tranquillizzò Babbo perché capisse che aveva davanti un affidabile compagno di sventura. Era certo di trovarla ancora intera sotto un'auto parcheggiata lì di fronte. Poco prima del tonfo sull'asfalto l'aveva vista sfrecciare in cielo senza riuscire ad afferrarla. E fu proprio a due passi da lui che la scovò qualche istante dopo. Befana seguì con attenzione la delicata manovra del recupero e alla fine dovette concedergli tutta la sua immensa stima.

Quando finalmente arrivarono a destinazione nella casetta a due piani con la facciata di mattoncini rossi e le finestre verde bosco dove Babbo viveva da anni, il padrone di casa si mostrò un perfetto gentiluomo. Aiutò la sua ospite a togliersi il cappotto tutto inzaccherato e le offrì delle pantofole di lana per permetterle di riscaldarsi i piedi. Poi la accompagnò in bagno, mettendole a disposizione l'occorrente per rinfrescarsi. Aveva ancora dei reperti archeologici che aveva utilizzato una sua vecchia collaboratrice domestica: un donnone che gli aveva dato una mano nei lavori pesanti come lavare i vetri, pulire la soffitta, fare il cambio di stagione nell'armadio... ma dopo il suo trasferimento non aveva più voluto nessun'altra fra i piedi. Pensava ogni bene possibile del gentil sesso, per carità, ma le donne – lo diceva a denti stretti, senza farsi sentire da nessuno – parlavano davvero troppo, e si impicciavano oltre il dovuto dei fatti degli altri. Ecco perché, ai tempi, aveva avuto qualche momento nero con la sua aiutante, rimproverandole di cambiare sempre di posto agli oggetti che gli erano più cari, obbligandolo a delle lunghe ed estenuanti cacce al tesoro che non sempre, ahimè, avevano successo.

Dopo aver lasciato Befana davanti alla porta del bagno – sempre più preoccupato di fare bella figura – Babbo filò dritto in cucina per prepararle il tè. Nella dispensa trovò delle bustine che aveva comprato da Alen qualche settimana prima. Erano una specialità indiana ed emanavano un profumo invitante. Ne sfilò due e le mise sul fondo di due tazze di porcellana, poi recuperò un vassoio e vi posò sopra la zuccheriera. Cercò anche del latte, ma ovviamente non ce n'era.

Sistemò tutto l'occorrente sul tavolino del salotto e aspettò che lei ritornasse. Nel silenzio si sentiva il gorgoglio rilassante del bollitore.

Quando Befana si palesò, tutta rinvigorita, Babbo le indicò una comoda poltrona sulla quale sedersi e cominciò a versare l'acqua nelle tazze.

«Vedo che non c'è la teiera, caro Babbo. Questa è la prova inconfutabile che qui manca una donna!»

«La prego, signora, non affondi il coltello

nella piaga. Lo so che questa casa non è il massimo dell'organizzazione, ma vivo solo e faccio quel che posso.»

«Ma io scherzo! Non l'ha ancora capito che mi piace provocarla? Non mi importa nulla di queste formalità! E senza teiera il passaggio dal bollitore alla tazza è ancora più facile.»

«Bene, allora, siamo pronti per bere il nostro tè in santa pace?»

«Certo che sì!» rispose lei con un mezzo sorriso, e subito aggiunse: «Da questo momento però mi chiami semplicemente Befana. La parola "signora" mi fa venire l'orticaria. Ok?»

«Eseguo!» rispose Babbo, sorridendo a sua volta.

«Devo ammettere che lei è proprio gentile signor... Certo che mi viene da ridere a doverla chiamare Babbo. Comunque, ecco… Babbo… non mi aspettavo tanta ospitalità da un estraneo. E per giunta dal mio più diretto rivale.»

Da come parlava, non sembrava più la stregaccia di prima. Dov'era finita la sua vena acida? Si era già disciolta con i vapori del bagno? O era stata la botta in testa ad averla ammorbidita?

«Lei è Befana e io sono Babbo. Mi sembra un concetto abbastanza semplice, no? A ogni modo, mi dica come sta. Va meglio?»

«Oh sì. Comunque, è tutto chiaro. Lei Tarzan, io Jane.»

«Davvero spiritosa, signora.»

«Le ho appena detto di non chiamarmi "signora". Non lo sopporto.»

Era strano quello che stava accadendo tra

loro. Babbo non avrebbe mai pensato di ritrovarsi al cospetto della Signora della Notte (anche se il termine a lei non piaceva, non la si poteva che definire così) e, battibecchi a parte, lo reputava un onore poter godere della compagnia di quella donna. Infatti lei era l'unica che poteva permettersi il lusso di rivaleggiare con lui nell'amore da dare ai bambini.

Nell'attesa di trovare argomenti adeguati, i nostri si guardavano con una curiosità quasi commovente. E rimasero a fissarsi in silenzio per diversi minuti. Poi fu proprio Befana a rompere il ghiaccio.
«Credo che sia arrivato il momento di darci del tu, non crede?»
«Se non ricordo male, le distanze le ha volu-

te mettere lei, cioè, tu, sì, insomma... Sono un po' confuso. Ma il tu va benissimo. Altroché!» le rispose Babbo, emozionato per quella confidenza che gli veniva concessa in quattro e quattr'otto su un piatto d'argento.

«Per me è un pensiero in meno», chiarì Befana. «Anzi, oserei dire che è l'unica scelta che abbiamo. Il lei è troppo faticoso. Ora vorrei farti una domanda, posso?»

«Prego», rispose Babbo.

Quanto gli sembrava strano dare del tu alla Befana. Solo un minuto prima l'avrebbe trovato un incredibile azzardo.

«Ma davvero "Babbo Natale" è il tuo nome registrato all'anagrafe?»

«E perché, tu allora ti chiami davvero Befana? E il cognome dove l'hai lasciato?»

Scoppiarono a ridere entrambi, risollevati

per essere riusciti a superare così brillantemente delle noiose formalità. Un nome, un cognome, non rappresentano la vera essenza delle persone. Sono solo dettagli superabili. Il cuore conta più di ogni altro inganno. Non l'aveva già detto qualcuno che la rosa, anche con un altro nome, avrebbe lo stesso profumo?

Nel cervello di Babbo scattò un campanello d'allarme. Nella sua casa era precipitato tutto nel giro di un'ora. E gli stracci che indossava Befana non gli sembravano più così indecenti come all'inizio.

Forse dipendeva dallo stile di lei, così stramba e indipendente. Libera e irraggiungibile come nessun'altra. Sì, era questo ad attrarlo con insistenza. E per definire Befana gli veniva in mente soltanto una parola: eroina.

Una donna moderna e senza tempo, una curiosa combinazione di fascino, mistero e contraddizione. Da un lato dura e scontrosa, dall'altro buona e altruista.
Babbo stava per precipitare in un burrone!
Prima di conoscerla aveva di lei un'idea completamente diversa, anche se nessuno era mai riuscito a penetrare nel suo mondo notturno per dare una sbirciata a come vivesse davvero. Se ne andava in giro senza paura, portandosi appresso i suoi grandi ideali. Ignorava le mode imposte dai media e indossava capi stravaganti che nessuno metteva più, un altro indizio della sua indole ribelle e sincera. Un vestito è soltanto un vestito, ma quanti la pensavano come lei?
Altro che attricette arroganti e showgirl

piene di boria che Babbo vedeva in Tv la sera!

Bevvero in tranquillità il loro tè, parlando del più e del meno, poi Befana si ricordò che aveva una cosa importante da fare e doveva scappare.

«Ma perché non ti fermi ancora un po'? Fuori fa un freddo terribile», le disse Babbo, sperando di convincerla. Era molto dispiaciuto di vederla andare via così su due piedi, ormai si era affezionato a quella presenza. Doveva fare di tutto per trattenerla e cercò nel suo poverissimo vocabolario da single incallito qualche frase convincente.

Lei però sembrava ferma nell'intento di andarsene. «No, proprio non posso», rispose con decisione. «Abito lontano, fuori fa un freddo terribile, come hai detto tu, e non voglio rischiare di beccarmi un raffreddore. Non posso. Non posso veramente. Dio solo sa quanto sia difficile affrontare anche i più piccoli malanni da sola!»

«Prima però dimmi», le chiese Babbo incuriosito, «sul serio sai volare?» Con quella domanda mostrò un'ingenuità tutta infantile. «Cioè, voglio dire, non sono solo fantasie quelle che si dicono dei tuoi voli sulla scopa?»

Sì, era proprio ingenuo come un bambino, e questo suscitò in lei una tenerezza infinita. «E la tua slitta, allora, cos'è? Un'illusione ottica?» replicò Befana con sarcasmo e un pizzico di compiacimento. Non voleva ferirlo, solo farlo sorridere un po'. Le battute tra loro erano diventate in poco tempo un modo per conoscersi meglio.

Babbo, però, era davvero curioso di sapere come riuscisse a volare su una scopa, a qualunque ora del giorno e della notte, e così Befana gli raccontò che volava da sempre, sin da quando era bambina, così come lui scivolava per le strade del mondo sulla sua slitta scampanellante.

Ma proprio mentre lei si preparava per andare via, le strade cominciarono ad ammantarsi di bianco.

Una pioggia improvvisa di enormi fiocchi di neve scese giù dal cielo a una velocità indescrivibile.

Dalle finestre, più sorpresi che mai, i due «colleghi» osservarono la scena a bocca aperta.

A quel punto la volontà di Befana di andarsene non era più sufficiente: se fosse uscita con quel tempo, chissà cosa poteva accaderle.

Provò a dire qualcosa, ma Babbo non le fece finire la frase: «Vuoi morire surgelata come un merluzzo?» le intimò con aria semiseria. «Non pensarci nemmeno, perché qui comando io!»

«Di questo non sono così sicura», rispose lei, nel tentativo di riprendersi lo scettro.

Era arrivato il momento di trovare un piano alternativo: Babbo le avrebbe ceduto il suo letto e lui si sarebbe sistemato sul divano dello studio accanto alla cucina. Era l'unica possibilità.

Befana, tuttavia, ancora tentennava. O forse aveva solo bisogno di mostrare la sua poca attitudine ad accettare le decisioni imposte dall'alto. Un modo per farsi rispettare e non apparire debole. Tutto qua.

Mentre discutevano animatamente sul da farsi, andò via la corrente. Presa dallo sconforto al pensiero della sua scopa sepolta dalla neve, Befana alzò la voce. Babbo la rassicurò, dicendole che la scelta più saggia era restare lì fino all'indomani, poi, di comune accordo, appena si fossero svegliati, avrebbero affrontato l'evolversi della situazione.

Aveva ragione lui. Non c'era altro da aggiungere.

Il problema più immediato era il frigo vuoto, di cui Babbo si vergognava non poco.

Cosa avrebbe offerto per cena alla sua ospite?

Per colpa dell'incidente non era riuscito a

fare la spesa da Alen, e in casa non c'era nemmeno un biscotto.

«Ecco, sono costernato ma... nella dispensa c'è un vuoto desolante e in frigo non ho niente», le disse.

Lei sorrise, perché la sua vecchia sacca era piena di pane, verdura, uova fresche di giornata, latte e biscotti al miele.

«Lo vedi a cosa serve la lungimiranza della Befana? A non morire di fame in una notte gelida! Accompagnami in cucina che ti preparo qualcosa di buono. Sei davvero fortunato, caro Babbo Natale!»

Babbo cominciò subito ad apparecchiare la tavola, e indicò alla sua ospite i cassetti e le ante dove custodiva gli utensili e le pentole. Lei si muoveva in quell'ambiente con estrema sicurezza, come se fosse casa sua. Nessu-

na domanda, nessuna incertezza. Ci sapeva proprio fare ai fornelli.
E per fortuna era ritornata anche la corrente.
«Vuoi che accenda la televisione?» le domandò Babbo per rendersi ancora più gentile ai suoi occhi. Ma Befana con un semplice cenno lo convinse a mettere via il telecomando: non era proprio tipo da quiz televisivi che annebbiano la mente o da spettacoli dove le ragazze ballano ammiccando per piacere agli uomini. «Meglio chiacchierare», disse decisa. «Quello che oggi manca alle famiglie è proprio la voglia di parlare. Sono tutti presi dalla Tv e dai telefonini, e addio dialogo. Ma cos'avranno di così interessante questi oggetti? Spero che prima o poi i giovani si rendano conto che nulla può sostituire la meraviglia di uno sguardo e il potere di una

parola affettuosa. Viviamo in una società che si è impoverita, a discapito dell'umanità, della voglia di stare insieme e raccontarsi le proprie emozioni. E tu cosa ne pensi? Ti sembro rigida? Retrograda?»

«Retrograda? Non direi», rispose lui. «Anzi, penso che tu abbia appena detto una verità scomoda, che non tutti hanno voglia di sentire. Perché è difficile resistere alle mode. Se un figlio adolescente, o peggio, un bambino, chiede ai propri genitori un telefono cellulare, pur di non dirgli no lo accontentano, e così cominciano i silenzi e le assenze. È veleno che toglie lucidità alla mente, quindi hai ragione. Ma il nodo della questione non è solo l'uso dei telefoni o dei tablet. No. La vera tragedia è la mancanza di volontà di stare insieme.»

Non riuscivano a smettere di parlare, un argomento ne richiamava subito un altro: dal traffico insopportabile sulle strade passarono all'aumento della criminalità, poi parlarono di animali, natura, e pure di musica e cinema. Ma soprattutto si concentrarono sul vero obiettivo delle loro vite, quello che dava un senso a tutto: l'amore che nutrivano per i bambini.

«Sono i miei migliori amici», le confidò Babbo con gli occhi pieni di lacrime.

Befana non poté che confermare le sue parole con un gesto del capo e aggiungere: «In questi lunghi anni anch'io ho imparato molto da loro. Sanno sempre sorprenderti, anche nelle situazioni più imprevedibili. Non danno peso alle diversità e non sono nemmeno sfiorati dal razzismo: amano e basta. Sono sensibili e candidi, ma questo non vuol dire che non capiscano come va il mondo. Semplicemente non gli importa se sei ricco o povero, bianco o nero, se sei disabile o disoccupato. Sanno sempre cercare la verità attraverso un sorriso. Dovremmo ascoltarli con più attenzione».

«Allora alziamo il calice ai nostri piccoli amici», replicò Babbo. E brindarono con un goccio di vino rosso che Befana aveva trovato per caso in un angolo della dispensa.

Andarono a letto sfiniti.

Befana salì al piano superiore tenendosi al corrimano, ebbra di una gioia che non ricordava di aver mai provato, e Babbo rimase in salotto ringraziando il buon Dio. Se Befana fosse andata via come aveva minacciato di fare, lui sarebbe rimasto nella sua solitudine. Non che se ne lamentasse, per carità, ma in due la serata aveva preso una piega diversa. E migliore.

Ripensò alla strana coincidenza del loro incontro, per darle un senso più profondo. Era impossibile non collocarla nella lista dei doni del cielo. Lo stesso cielo in cui sfrecciava Befana a cavallo della sua scopa. Quante cose accadevano lassù! Stelle cadenti, pianeti che vivevano di vita propria, galassie sconosciute, e chissà... forse anche le anime di chi non c'era più.

Chi aveva voluto farli avvicinare?

E perché?

C'era della magia a cui Babbo, per pudore, non voleva dare un peso eccessivo, ma dentro di sé sapeva che non poteva essere

stato semplicemente un caso. E il cuore gli batteva come se fosse un adolescente. Alla sua età!
Una sorpresa non preventivata. La vita, appunto. Che altro dire?

Anche Befana quella notte non riusciva a prendere sonno, e allora si mise a guardare fuori dalla finestra la neve che scendeva copiosa.
Oltre i vetri, nel silenzio della stanza, quella cascata densa e candida non faceva paura, anzi, suggeriva un senso di pace misto a fiducia.
Quanti pensieri invitava a fare, quante immagini riportava alla mente… Una polvere di ricordi.
E una valanga di emozioni.

Quell'atmosfera ovattata le piaceva molto, la consolava, perché la prendeva per mano riportandola a un periodo felice della sua vita. Anche lei era stata bambina, pur cercando in tutti i modi di evitare di pensarci troppo per non soccombere alla nostalgia. Cercava di proteggersi dalle lame affilate che il tempo ti conficca dentro quando diventi adulto e incontri il fanciullo che non se n'è mai andato.

Quante volte nei lontani inverni aveva giocato per strada sbucciandosi le ginocchia, e in quante occasioni aveva fatto pupazzi di neve con il naso a punta, mettendoci sopra anche un pezzo di stoffa rossa... Gli stessi pupazzi che piacevano proprio ai bambini che lei osservava nascosta per strada. Nel profondo della sua anima era rimasta eter-

namente ammaliata dalla felicità di quegli attimi magnifici.
E si riteneva fortunata per essere riuscita a proteggere dentro di sé quell'uso ingenuo a meravigliarsi di ogni piccolo miracolo. Attraverso quell'esercizio riusciva a dare dignità alla sua vita. Si domandò lì per lì se anche Babbo negli anni della sua infanzia avesse giocato allo stesso modo. Ma di lui sapeva poco. Durante la cena le aveva parlato solo del presente e di ciò che lo circondava, e lei, per non destabilizzarlo, aveva fatto la stessa cosa. Per cui non vedeva l'ora di cominciare la caccia al tesoro.

Steso sul divano, anche Babbo indugiava sul suo passato. Ritornò in pochi istanti sulla dolce strada della sua infanzia, nel punto esatto in cui molti anni prima l'aveva lasciata. Saltellava ancora commosso sulla slitta che gli avevano regalato. Gli sembrava di rivivere quel momento tale e quale nel presente.

Ma anche il presente era magico, perché nella sua stanza c'era un'ospite gradita. Era lieto di averle ceduto il letto, e di averla aiutata in un momento di difficoltà. Sperava di potere occuparsi di lei ancora per molto, ma sapeva che era una possibilità assai remota.

E poco importava se all'inizio lei si era mostrata ostile. La giustificava, immaginando tutte le difficoltà a cui le donne vanno incontro quando hanno a che fare con l'universo maschile. Sempre indecise se dare subito fiducia oppure no, e costrette a mostrarsi piuttosto dure.

Ma c'era tempo per farla ricredere, e offrirle tutta la sua comprensione.
Era bastato parlarsi davanti a una tazza di tè, e guardarsi negli occhi durante la cena, e tutte le barriere si erano dissolte.

24 dicembre

La notte trascorse tranquilla, ma il mattino dopo, quando Babbo riaprì gli occhi, davanti al suo sguardo sbalordito si spalancava un paesaggio tutto imbiancato, che lo invitava ad arrendersi alla supremazia della natura.
La neve, che aveva coperto le strade e le automobili, appesantendo i rami degli alberi, aveva racchiuso la città in una bolla di silenzio. Un effetto sorprendente.
Ma lui aveva degli impegni da portare a termine!

Sperava che Befana dormisse il più a lungo possibile, e invece dopo qualche minuto lei fece la sua comparsa in cucina vestita di tutto punto. Per prima cosa Babbo fu colpito dal suo sguardo indagatore.

«E allora, come va lì fuori? Ha smesso di nevicare? Posso uscire finalmente?»

Il povero Babbo non trovava il coraggio di dirle la verità, e così si limitò a scostare le tendine che coprivano i vetri.

La vide impallidire, e poi dire sconsolata: «E ora? La mia scopa sarà sepolta sotto un metro di neve! Come farò ad andare via? Sono disperata!»

Per l'agitazione si era pure dimenticata di salutare il padrone di casa. Se ne scusò subito, afferrando ancora intontita un bicchiere di latte caldo. In quanto a pre-

mure, il nonnino non sbagliava un colpo.
«Ecco qui, la signora è servita», aveva detto accennando un sorriso. Ma la signora, in quel momento aveva ben altro a cui pensare, e di sorridere non voleva proprio saperne.
«Lo so che sei angosciata», le disse Babbo, «ma nemmeno io immaginavo una simile bufera. Altrimenti avrei messo al riparo anche la mia slitta. Ma ormai è tardi, e sono preoccupato quanto te. Oggi avevo degli impegni improrogabili dall'altra parte della città. È la Vigilia di Natale, accidenti! Va a finire che i bambini delle periferie non riceveranno i miei doni in tempo per festeggiare.»
Stava quasi per mettersi a piangere, davanti a un contrattempo così crudele.

Fecero colazione, e poi a Befana si accese in testa la lucina rossa delle grandi idee.

«Credo di avere un piano per uscire dai guai. Adesso ci mettiamo tutti e due a spalare finché non recuperiamo la mia scopa, poi ti darò un passaggio per andare a consegnare gli ultimi regali, ok?»

«Ma che dici? Hai visto quanto sono grasso? Te la romperei in un nanosecondo!» rispose Babbo, convinto che quel piano facesse acqua da tutte le parti.

«Be', allora perché non dimagrisci? Rischi che ti si alzino i valori del colesterolo cattivo, e di conseguenza, ma spero di no, che ti venga anche un infarto!» replicò lei, più birichina che mai.

«Hai ragione, dovrei dimagrire», ammise Babbo. Poi aggiunse, con una punta di ironia: «Ma non credo di riuscirci in tempo per volare agile e snello questa mattina in tua compagnia». Ormai sarebbe stato stupido offendersi per una frecciatina ingenua, no? «Provvederò quanto prima, lo giuro. Ma tu devi promettermi che andrai dal dentista per farti tappare quelle finestrelle, va bene?»

«Colpita e affondata», disse lei, con il sorriso sulle labbra. «Ma non è certo per qualche dente in più che diventerei bella come Sophia Loren, sai? La bellezza passa, e tutti prima o poi sono obbligati a rendersene conto. Per questo non le do importanza. Invece del grasso devi disfarti subito, per preservare la tua salute», ribadì tutt'a un tratto seria.

«Ah, quanto è vero!» disse Babbo. «Ma adoro mangiare, non posso farci niente.»

Ebbe l'istinto di abbracciarla, ma si trattenne per non metterla a disagio, e perché senz'altro avrebbe rischiato di prendersi un ceffone.
«E comunque», proseguì lei, «la mia scopa è tarata anche per pesi abbondanti. Per cui stai tranquillo che non rischiamo affatto. Piuttosto, procurati due pale e usciamo a fare il nostro dovere, avanti!»
Nel giro di mezz'ora recuperarono la scopa tanto desiderata. Fu un'operazione alquanto faticosa, ma Babbo non avrebbe mai permesso al suo mal di schiena di metterlo KO davanti a una donna. E mai si sarebbe reso ridicolo sotto lo sguardo esigente della sua ospite. Dopo aver preso in mano il *bolide volante* fu costretto ad alzarsi con tutta calma per evitare di bloccarsi irrimediabilmente. Quanto era massiccio, perbacco! Si rimise in piedi

con nonchalance, come se fosse il gesto più naturale del mondo, ma avrebbe voluto urlare per il dolore.
Intanto, Befana, desiderosa di mostrargli la sua esperienza in viaggi tra le nuvole, cominciò a strofinare il manico della scopa con un lembo della gonna e poi lo lucidò per renderlo ancora più brillante. Era finalmente arrivato il momento di dare prova del suo talento di Regina del Cielo, e non poteva permettersi nessun errore.

Erano quasi pronti per il decollo, quando Befana iniziò a impartire tutte le raccomandazioni necessarie: «Non muoverti troppo», «Aggrappati a me», «Resisti alla paura del vuoto», «Inspira profondamente appena lasciamo terra», «Se ti viene la nausea dimmelo che scendo in picchiata» e infine l'avviso più importante: «Tieni ben stretto il sacco con i giocattoli».

Nessuno mai, prima di quella mattina, era salito sulla sua scopa miracolosa, per cui voleva evitare i rischi del caso. L'idea che Babbo potesse cadere da lassù, generando tra i passanti una curiosità malsana, la terrorizzava. Sarebbero diventati la notizia più succulenta dei telegiornali della sera, e il titolo di prima pagina di tutti i quotidiani dell'indomani. Già si immaginava i Vigili del Fuoco che accorrevano per aiutarli. Davvero un evento scioccante: la Befana che cadeva dalla sua scopa insieme a Babbo Natale! Aiuto! No, no, e poi no. Aveva il dovere di preservare non solo la sua onorata carriera, ma anche la dignità del suo collega.

«Allora, hai capito tutto?»

«Fino all'ultima parola», rispose Babbo. «Però vorrei chiederti un favore. Potremmo passare sopra al bar dove faccio colazione la mattina? Vorrei vedere che aspetto ha il mio quartiere dall'alto.»

Befana rispose a quella richiesta con un ghigno beffardo, aggiungendo una spiegazione breve e concisa. «Non penserai mica che sia così stupida da rischiare di farmi vedere da chicchessia mentre volo, eh?»

«E di cosa hai paura?» insistette lui. «Se ci teniamo a debita distanza è impossibile vederci a occhio nudo.»

«Non proprio. Ogni volo ha le sue regole. E la mattina è la parte della giornata più difficile. Ecco perché esco più volentieri di notte e di giorno mi avventuro fuori solo per effettive necessità. Per cui, preferisco di gran lunga quando in cielo ci sono nuvole dense, o nebbia, o pioggia consistente. Col vento, poi, si vola con superba velocità, e la folla lì sotto non ha il tempo di riuscire ad acchiappare la mia immagine.»

«Be', allora oggi con questa neve sarà una passeggiata di salute!» ribatté Babbo.

«Ah, fai anche lo spiritoso!» sospirò lei. «Va bene, se proprio ci tieni passeremo da lì. Però te lo dico subito, ci fermeremo solo qualche istante. Poi saliremo verso l'alto. Ma alto alto, eh? Preparati!»

«Non vorrai dirmi che raggiungi la quota di un aereo di linea?» le domandò Babbo un po' spaventato.

«Smettila di fare il bambino capriccioso e

fidati di me! Non ti accadrà nulla. E alla fine mi ringrazierai anche. Ne sono sicura», sbuffò Befana.

«Scusa, avrei un'altra domanda per la Signora Pilota.»

«Un'altra? Dai, sputa il rospo.»

«Ma se voli anche mentre piove, non hai paura di essere colpita da un fulmine?»

«Ah ah ah ah!» Befana rideva a crepapelle e Babbo pensò di avere detto un'enorme stupidaggine.

«Perché ridi così? Ti prendi gioco di me?» disse contrariato.

«No, ma forse ti sfugge il fatto che volo da anni e anni. Se fosse come dici tu, sarei già incenerita da un pezzo! Forse non lo sai, ma la mia scopa è anti-fulmini, anti-proiettili e anti-cattiverie degli umani. La Befana può

evitare ogni pericolo, ma diventare un pericolo per le persone cattive.»
«Adesso sono io che mi metto a ridere.»
«Ah!» replicò lei. Sembrava stupita al cubo. «E perché mai?»
«Perché se fosse davvero così tutte le malvagità che vedo in giro sarebbero finite da un pezzo!»
Befana si fece seria e abbassando il tono della voce, per portare la conversazione su un piano meno giocoso, disse: «Il mio impegno per rendere inoffensiva la cattiveria imperante consiste nel non trascurare nulla e suggerire la bontà come risarcimento per il nostro spirito. Ricorda: può bastare anche un'ingenua distrazione per distruggere un germoglio. E ognuno nel suo piccolo può fare molto. Sai che ho scritto anche al Papa?»

«Al Papa?»
«Eh, già. Proprio a lui.»
«E cosa gli hai chiesto?» domandò allibito Babbo.
«Di prendersi cura dei più deboli.»
«E lui ti ha risposto?»
«Certo! E dalle notizie che leggo, noto con piacere che sta mantenendo la promessa.»
«Però la cattiveria umana non sparirà mai del tutto. Almeno, io penso questo.»
«Ne sono convinta anch'io. Ma sai che ti dico? A me importa poco. Esiste il libero arbitrio e io non posso sostituirmi alla coscienza dell'umanità intera. Solo alla resa dei conti ognuno di noi saprà se è riuscito a investire le proprie energie per migliorare questo mondo. L'egoismo, l'invidia, l'arroganza, il razzismo e la violenza non devono lasciarci indifferenti,

altrimenti diventiamo come coloro che critichiamo.»
«Già. Penso che tu abbia per l'ennesima volta ragione», rifletté Babbo, e un velo di commozione gli attraversò lo sguardo.

Una volta iniziato il decollo, la scopa vibrò. Babbo sentì uno scossone così forte che tutti i suoi organi interni cominciarono a vibrare su e giù. Ma non ebbe paura. Anzi, era quasi divertito. Quasi. Perché una piccola riserva d'ansia lo spingeva comunque a stare in allerta. Non si poteva mai sapere.
Sorvolarono il quartiere dove abitava, il minimarket di Alen e anche l'edicola dove andava ogni mattina a comprare il giornale. Non amava leggere le notizie su uno scher-

mo freddo e l'odore della carta stampata aveva un fascino unico e insostituibile.
L'edicola era solo un puntino verde e il minimarket di Alen una nocciolina beige con l'insegna lucente. Babbo si emozionò talmente da non riuscire a dire una parola.
Intanto, la neve scendeva come gommapiuma candida, offuscando la vista di Befana; ma lei era abituata alle intemperie. Non era un problema.
«Copriti bene», gli disse, trattandolo come un bambino.
Alla fine a lui piacevano queste attenzioni, anche alla sua età.
Salirono ancora più in alto, alla volta del Cielo Lontano, quello riservato a pochi eletti e fortunati.

«E gli aerei dove sono?» le domandò sbalordito.
«Ancora con questa storia?» rispose l'esperta con tono ironico. «Ma che ti importa? Se ne incontriamo uno, stai tranquillo che mi sposto! Non te ne accorgerai nemmeno.» Poi sorrise maliziosa.
Lo spazio intorno a loro si era trasformato in un immenso giardino di panna bianca e celeste. E sotto c'erano le nuvole grigie. Nonostante il freddo polare, il magico scialle di Befana riusciva a isolarli dal gelo come una coperta termica.
«Ma di che lana è fatto?» le domandò Babbo, sempre più curioso.
Com'era possibile che un semplice pezzo di stoffa riuscisse a proteggerli dal freddo così bene?

«Credo che tu stia esagerando un po' con le domande», rispose Befana. «Non vorrai mica che ti sveli tutti i miei segreti?»
Babbo non ci capiva più un'acca. Si era ritrovato da un momento all'altro a volare come se fosse un gabbiano, e con una naturalezza impensabile. Si sentiva leggero, persino magro. E come mai non si era ancora palesata la sua eterna propensione a buscarsi raffreddori improvvisi? Volava, volava e volava, libero da ogni affanno e preoccupazione.
«Adesso tieniti forte perché sto per accelerare, altrimenti non faremo in tempo, e i tuoi bambini potrebbero mettersi a piangere», gridò Befana voltandosi indietro come una molla.
Accipicchia quanto era elastica alla sua età!
«Attenta per favore, non voglio cadere giù», disse Babbo preoccupato.

«Ma con chi credi di avere a che fare, con una befanetta qualunque?» replicò offesa, e tornando a guardare davanti a sé.
Babbo chiuse gli occhi e si affidò all'esperienza di quella Befana che si mangiava gli ostacoli come se fossero caramelle. Ma pure un po' al destino, che, quando voleva, ci metteva il suo zampino imbevuto nello zucchero e nel miele.

Atterrarono davanti a uno di quei palazzoni grigi tipici delle periferie, si infilarono su per le scale dei condomini fatiscenti sfrecciando per i lunghissimi corridoi.
Per fortuna la maggior parte delle mamme e dei papà a quell'ora erano occupati nelle loro faccende e i bambini ancora dormivano, visto che le scuole erano chiuse per le

vacanze natalizie. Erano sicuri che in giro non avrebbero incontrato nessuno che potesse mandare a monte la consegna dei doni, un imprevisto simile sarebbe stato una vera e propria disdetta.

Befana porgeva i pacchetti al suo socio con estrema attenzione, e mentre eseguivano quelle delicate operazioni lui la abbracciò d'istinto, per ringraziarla.

«Babbo», disse Befana, stupita. «Mi lasci senza parole.»

«Mi è venuto spontaneo», ribatté lui.

Condividere con un'altra persona gesti e rituali che aveva sempre fatto in solitudine aveva qualcosa di miracoloso.

Il miracolo che nessuno si aspetta, appunto. Ma chi avrebbe mai creduto – anche vedendoli con i propri occhi – che Babbo

Natale e la Befana stavano consegnando pacchi natalizi nel quartiere delle case popolari giusto per il piacere di farlo in coppia? Chiunque avrebbe pensato a un'allucinazione. Se l'esperimento che stavano portando avanti con tanto piacere sembrava strano a loro due per primi, figuriamoci a terzi!

A un tratto, mentre Befana nascondeva dei pacchetti in un sottoscala, Babbo si voltò nella sua direzione e le disse sottovoce: «Sono molto felice che tu sia qui, spero che la nostra avventura non si concluda oggi».

«Avventura? Perché la chiami così?» replicò lei, più sorpresa che mai.

«Perché è una parola che simboleggia qualcosa di bello e in divenire.»

«E tu che ne sai di avventure? Non sei mica un pirata.»
«Ti piace prendermi in giro, eh? Ma so che hai capito come mi sento», disse Babbo con un ghigno benevolo, e puntando il suo sguardo dritto in quei due occhi celesti e luminosi.
Si sentiva piuttosto scosso. Quella donna era nata per portare scompiglio nella sua vita.
Ah, se l'avesse conosciuta prima! Chissà quante imprese indimenticabili avrebbero realizzato insieme.
Lei sorrise e socchiuse le palpebre per riprendere fiato. Non aveva voglia di rispondere a Babbo con altre paroline dolci, altrimenti avrebbe dato inizio a una serie di complimenti di cui si sarebbe pentita fino alla fine dei suoi giorni. Non era donna che

si esaltava facilmente. Meglio troncare sul nascere ogni illusione.
Ma Babbo, spinto da chissà quale fervore, proseguì la sua confessione: «Fino a ieri pensavo di non avere niente in comune con te, invece ho visto che la tua gioia è uguale alla mia, e anche le nostre passioni si assomigliano. I bambini prima di tutto. E in compagnia si affrontano meglio anche le delusioni, no?»
Ecco, l'aveva obbligata a dargli una risposta. «Senti, non farti venire strane idee, eh?» ribatté lei. «Io sono sola per scelta, e non vorrei avere un uomo tra i piedi nemmeno se rimanessi inferma e senza più la scopa.»
Ma subito dopo aver pronunciato queste parole sorrise, e Babbo si elettrizzò come un ragazzino alla prima cotta. Anche se la

signora faceva di tutto per smorzare il suo entusiasmo.
A lui però era bastato meno di un giorno per capire di che pasta fosse fatta: sorrideva di fronte a ogni inconveniente e trovava il lato positivo anche nelle situazioni più tragiche. Ma soprattutto, non amava svelare i suoi stati d'animo.
Babbo ne era già perdutamente innamorato. Era finito anche lui ostaggio di quel travolgente sentimento. Proprio lui che prendeva in giro gli innamorati tontoloni e sognatori, che si imbambolavano davanti a due occhi languidi.
Nelle sue elucubrazioni di eterno single aveva sempre pensato che fosse roba da cartoni animati, invece si stava rivelando anche lui un romantico ragazzone col cuore in tumulto.

Che strana sensazione nella pancia.
Un'esplosione di scintille.
Mai provato prima un terremoto simile, ammise senza remore, mentre si interrogava su come si sarebbe potuta trasformare la loro love story così originale.
Romantica?
Passionale?
Deludente?
Impossibile?
Praticabile?
Chissà.
Vorrei dirle quanto mi piace.
Ma no, sarei ridicolo.
Ma sì, che male c'è?
Era attraversato da mille dubbi e sentimenti contrapposti. In tutti i film che aveva visto, il momento clou di una storia d'amore

appena iniziata era quando uno dei due confessava all'altro le proprie intenzioni. A volte però l'audacia veniva rispedita al mittente, e allora, uffa!, arrivavano le lacrime. Alla fine decise che la scelta migliore fosse il silenzio.
Davanti a loro c'era la strada del cielo, pronta ad accoglierli.

Cominciava a far buio e il freddo sempre più intenso aveva sui loro corpi un effetto anestetizzante. Ma Babbo e Befana quasi non se ne accorgevano, avevano altro da fare. Durante la salita, lei mostrò al suo ospite quanto fosse facile con la scopa raggiungere distanze ragguardevoli in pochi minuti. E poi, liberati dal peso del sacco con i giocattoli, volavano più leggeri.

«Vedi? Stiamo già puntando verso sud», disse Befana.

«Ma non mi dire! E quando arriveremo?»

«Non farai in tempo a dire un'altra frase che io sarò già impegnata nelle manovre di atterraggio.»

«Urca! Allora sei supersonica!» esclamò lui meravigliato.

«No. Piuttosto una Befana meritevole della patente di Regina del Cielo.»

«L'ho pensato subito ieri quando ti ho vista per strada.»

«Bugiardo! Mi hai guardato come se fossi una mendicante!»

«È vero, e me ne vergogno. Giuro che non mi ero mai comportato così.»

«E hai aspettato me per diventare arrogante?» replicò lei con un sorriso, divertita.

«È che avevi quello scialle in tes...»
Babbo non finì la frase che già una gomitata l'aveva colpito in pieno petto.
«Senti brontolone, ieri faceva un freddo cane, anche se mai quanto oggi, e quindi volevo evitare di prendermi un raffreddore. Ti ricordo che vivo da sola, e in caso mi ammalassi non c'è nessuno che mi aiuti.»
«Ma non volevo prenderti in giro, e nemmeno offenderti...»
«Però l'hai fatto, e questo è un dato su cui ragionare, per cui... Adesso ti faccio vedere io di cosa è capace questa povera vecchietta con lo scialle in testa.»
Diede potenza alla scopa come se fosse un F-15 americano e salì ancora più in alto. Babbo cominciò a urlare per la paura e lei si mise a ridere come mai in vita sua.

«Oh yeah! Si *parteeeeeeeeeeeeeeeeeeeeeee.* Stringiti *forteeeeeeeeeee.*»
Babbo si rannicchiò contro le sue spalle e pregò che non gli accadesse nulla.

Quanto era bella vista dall'alto la città tutta illuminata. Sembrava un presepe, Babbo l'avrebbe ammirata senza stancarsi mai.
A un tratto non videro più niente. Solo nuvole e un tramonto lontano. Chissà che c'era dall'altra parte del cielo.
Poco dopo atterrarono davanti a una cattedrale bianca in stile romanico pugliese che Babbo aveva intravisto in una delle sue tante gite natalizie. Era proprio a ridosso del mare.
«Sorprende sempre», disse Babbo.
«Lo immaginavo che ti sarebbe piaciuto tornare qui», rispose Befana. «Per questo ti

ci ho portato. Bello, vero? Col freddo poi, Trani diventa ancora più affascinante.»

«"Bello" non basta a definire ciò che vedono i miei occhi. È la Meraviglia delle Meraviglie.»

«Vuoi entrare?» gli domandò lei.

«Senz'altro.» E alla meraviglia si unì lo stordimento.

Babbo uscì dalla chiesa commosso ed estasiato. E anche Befana aveva gli occhi lucidi.

Risalirono sulla scopa, e dopo aver vagato un po', ammirando le coste selvagge e le spiagge bianche che si intravedevano nell'oscurità, Babbo le domandò con una certa curiosità:

«E quei grossi cilindri cosa sono?»

Aguzzando lo sguardo si era come impensierito. Quel paesaggio asettico e metallico gli era familiare.

«Ah! Quello lì è un mostro che sputa inquinamento», rispose Befana. «Un complesso industriale che produce morte silenziosa, ma gli uomini che lo hanno costruito se ne fregano dei danni che producono e continuano a sfruttare gli operai senza pensare alle conseguenze.»

«Ho capito di cosa parli», disse Babbo. «Una volta ci ho fatto un giro intorno. È grandissimo. Sembra una città dentro alla città vera, che è bella come poche altre. Con un golfo incantevole e un lungomare da fare invidia. La meravigliosa Taranto.»

«Un giorno», riprese Befana, «chi ha voluto tutto questo capirà il male che ha fatto, ma sarà troppo tardi. Ci sono tante persone che si ammalano per colpa di questi fumi tossici, li vedi?» Ma proseguì senza dargli il tempo di rispondere. «Cosa diremo ai bambini quando ci chiederanno la verità? Che eravamo interessati solo al denaro? Spero che presto chi ha a cuore questi temi, e la nostra salute su tutto, imponga nuove regole e nuovi standard di sicurezza, e allora finalmente potremo dire di essere una società veramente evoluta e moderna.»

«Ti ringrazio per avermi portato così in alto, perché da qui la verità non può essere coperta con nessun lenzuolo di omertà», disse Babbo.

E Befana aggiunse, indicandogli un parco gigantesco qualche chilometro più in là, ancora intatto: «Guarda quanto è bella la natura quando non viene maltrattata».

«Già», disse Babbo, piuttosto sconvolto.

«Noi approfittiamo delle sue mille risorse e la trattiamo male, mentre lei è così generosa con noi.»

Davanti ai loro occhi era un susseguirsi di paesaggi diversi, di immagini da togliere il fiato. Puntarono ancora più a sud, fino a intravedere la vetta infuocata di una montagna. Babbo riconobbe subito quel vulcano possente di cui si era innamorato appena arrivato in Italia. La cima era circondata di neve, ma sul cratere centrale zampillava lava incandescente. E fiotti fuoriuscivano dai crateri laterali, dando l'idea di un fuoco divino e ancestrale in movimento da chissà quanti millenni.

Si rese conto di appartenere a tutto quel ben di Dio, pur senza aver fatto niente per meritarselo. Befana gli aveva regalato una nuova consapevolezza: ogni realtà conosciuta poteva svelarsi – replicando la sua essenza – con un nuovo volto. Il mondo che ogni giorno si trasforma, con reazioni improvvise e non sempre comprensibili: il bello e il brutto, il buono e il cattivo, l'inferno e il paradiso, le nevi e i deserti. Perché anche le immense distese di sabbia hanno il loro valore, e le popolazioni che vi abitano sono un pozzo di tradizioni da conoscere.

Alla sua età stava scoprendo tanta nuova bellezza, e doveva ringraziare Befana, soltanto Befana, per quel privilegio. Come avrebbe fatto da solo? La sua slitta non aveva mica le ali!

Stava per scoppiargli il cuore di gioia, una fusione nucleare che non poteva più tenere a bada. Un misto di stupore e incanto.

«Però, caro Babbo, anche in questa porzione di mondo l'uomo è stato malvagio», riprese Befana.

«Perché dici così?» le domandò.

E lei, concentrata, non gli rispose. Continuava a manovrare la scopa in silenzio. Poi, dopo qualche istante, arrivarono sopra un paesaggio apocalittico: altissimi silos di metallo, qualcuno colorato in cima con strisce rosse e bianche, e poi tubi che si incastravano e si attorcigliavano l'uno all'altro.

«Assomiglia allo stesso incubo minaccioso che abbiamo visto prima», commentò Babbo.

«Infatti, è proprio così. In Sicilia, come in Puglia, ma anche in Veneto, Campania, Sardegna, tante persone muoiono per l'inquinamento. I bambini sono costretti a respirare aria malsana e poi si ammalano. Stessi drammi, stesso egoismo.»

«E nessuno li difende, nemmeno qui?»

«Qualcuno ci prova, ma poi lo fanno azzittire. Il denaro, caro Babbo, il denaro conta più della stessa vita», considerò Befana sconsolata. «Pensa che qui tanti anni fa, in queste cittadine che si chiamano Priolo, Augusta e Marina di Melilli, c'erano solo il mare e i campi, e gli abitanti vivevano di pesca e del loro raccolto. Ora, invece, dappertutto si vedono case sventrate dall'ingiustizia dell'abbandono, e il mare inghiotte veleno ogni giorno. Sì, è arrivato il benessere, ma questo star bene economico è falso, equivoco e sinistro, e in pochi in realtà ne hanno poi beneficiato, e sono stati sempre gli stessi.»

A Babbo si spense il sorriso sulle labbra e il suo sguardo si fece cupo. Non riusciva a smettere di pensare a tutte le malattie, le incertezze, la rabbia che questi scempi portavano nelle famiglie. Ne aveva conosciute tante, distribuendo doni nelle case più bisognose e umili, di persone toccate da tali disgrazie. Gli attacchi spudorati alla natura era sotto gli occhi di tutti, com'era possibile che nessuno ne pagasse le conseguenze?

Befana si accorse del suo malumore e cercò di distrarlo indicandogli altre bellezze che stavano sotto ai loro occhi. «Guarda, laggiù c'è la bella e antica Siracusa, col suo teatro greco, e altri capolavori che non basterebbe una vita per conoscerli a uno a uno. Che ne dici se prima di rientrare prolunghiamo ancora un po' la nostra passeggiata sopra l'Italia? Potrei farti vedere la Sila e poi Napoli, Roma, Firenze, Bologna, Genova, Milano e Venezia. Solo un assaggio di ogni città, giusto per toglierci lo sfizio. Ci passeremmo "al volo", insomma, senza fermarci a lungo. Promesso. Infine ti farei volare sopra le Alpi, che so che ti piacciono tanto. Che ne dici?»

«Be', se mi garantisci che non facciamo tardi, va bene. Perché io ho già fame!»

«Sempre il solito mangione. Non puoi aspettare? Appena finito il nostro night-tour torniamo a casa, tranquillo.»

«Parli in inglese?»

«Ma io parlo in tutte le lingue, caro Babbo, compreso il finlandese.»

«Ah ah ah, non ci credo nemmeno se ti sentissi farlo adesso, qui davanti a me.»

«E allora Rakas Joulupukki (Caro Babbo Natale in finlandese). Glaubst du es jetzt? (Adesso ci credi? in tedesco). Je ne dis jamais aucun mensonge (Io non dico mai bugie in francese). Zài jiàn (Ciao in cinese).»
Lo lasciò di stucco, e poi, noncurante della sua reazione, schiacciò sull'acceleratore più entusiasta che mai.
Era perfettamente conscia della tristezza di Babbo. Sapeva benissimo, volando di qua e di là, che la natura era costantemente minacciata dalla noncuranza di chi non l'amava, spesso umiliata dagli stessi che avrebbero dovuto controllarla e proteggerla. Meglio concentrarsi sulla bellezza che ancora restava, anche a dispetto del freddo e di qualche brutto pensiero di troppo.
Per Babbo la sensazione di scivolare nel cie-

lo era estasi allo stato puro. Sentiva quasi di non meritare tanta fortuna.
Mille volte si era immaginato i voli della Befana, ma pensava fossero solo fantasie di cui si nutrivano i bambini. Anche se qualche volta, la notte tra il 5 e il 6 gennaio, gli sembrava di avere intravisto la sua ombra nel cielo.
«Guarda Babbo, guarda attentamente qui sotto. Ah! Se solo le persone riuscissero a capire che basta poco per essere contenti. Come quando la mattina esco di casa, inspiro l'aria fresca e ringrazio il buon Dio per averci dato tanto amore. È dappertutto. E anche se niente è scontato, noi ci comportiamo come se tutto ci fosse dovuto. Cosa ci rende così prepotenti? Io un'idea me la sono fatta. Quando gli esseri umani ven-

gono al mondo non sono cattivi, ma osservando l'esempio degli adulti capiscono di dover diventare aggressivi, di doversi difendere, perché solo così potranno resistere agli urti. Tutti a dire: "Guardati le spalle!" "Non cedere il passo a nessuno!" E allora che deve fare un povero cristo? Per forza si diventa guardinghi e chiusi in se stessi. Non è cattiveria, è il frutto di un inganno. Ed è proprio nell'incertezza del non sapere che fare, se deporre le armi o lottare per emanciparsi, che nella mente dei più illuminati scatta la scintilla: sono la bontà e l'altruismo a produrre miracoli, non la miseria di spirito.»

«Quando parli mi incanti, lo sai, Befana?»

«Non ci credo!»

«E invece sì. E ti confesso che ormai ci ho

preso gusto a stare su questa scopa. Dove mi porti adesso?»
«Ma non mi avevi detto che avevi fame?» disse lei per stuzzicarlo.
«La fame è l'ultima delle mie preoccupazioni in questo momento. Lo so, mi contraddico, ma sei tu che mi fai diventare scemo. Per cui accelera e portami pure dove vuoi.»
«Signorsì, caro Babbo, *andiamoooooooooooooo*.»
E Babbo si strinse a lei con trasporto.

Dopo aver visitato dall'alto gran parte delle città di cui Befana aveva parlato, scesero lentamente sulla metropoli famosa per la moda e per le fabbriche, con il suo grande Duomo fitto di guglie gotiche e le strade eleganti con negozi e vetrine illuminate anche di notte. Era stupenda Milano a quell'ora, quando la folla si dileguava e rimanevano per strada solo barboni e poliziotti, e i portici diventavano alcove per i più sfortunati. Dopo qualche su e giù per vedere meglio alcune statue e le facciate dei palazzi più antichi, virarono verso est per raggiungere Venezia, la nobile città galleggiante. Al buio, con il riflesso della luna sulla superficie scura dell'acqua e il sottofondo dello sciabordio continuo dei canali, era la più bella fra tutte le città che avevano ammirato. Il fascino della Serenissima non aveva rivali.

«E ora dimmi, hai ancora un po' di forza per fare una passeggiata sulle Alpi?» chiese Befana.

«Sì, sì, sì, e ancora sì! Anzi, se non mi ci porti, mi offendo», replicò Babbo.

«Allora andiamo. Copriti bene con il mio scialle perché lì si gela.»

«Ci sono abituato. Forse dimentichi che la mia casa è in Finlandia!»
«E allora che ci fai in Italia, scusa?»
«Io abito dappertutto, anche se la mia sede ufficiale è in Nord Europa. Mi sembra che sia così anche per te. O sbaglio?»
La Signora della Notte gli diede un'altra delle sue gomitate e Babbo capì di aver detto la verità.
In un tempo lontano, infatti, Babbo e Befana avevano ricevuto un enorme privilegio dall'Alto: poter risiedere ovunque avessero desiderato.
Prima di arrivare a destinazione, Befana gli fece una domanda alla quale teneva in modo particolare: «Pensi di aver fatto bene a venire con me oggi?»
«Mi piacerebbe dirti tutta la verità», rispose

lui. «Ma per adesso dovrai accontentarti di una piccola parte. Sappi soltanto che è stato uno dei giorni più belli della mia vita. A partire dalla consegna dei regali.»

«Oh oh oh. Sei diventato tutt'a un tratto misterioso?»

«La smetti di prendermi in giro?» la rimproverò lui, diventando rosso, ma per fortuna al buio non era visibile, altrimenti si sarebbe vergognato come un ladro.

«Non ti sto prendendo in giro, lo penso davvero. Hai detto una frase volutamente criptica e forse pure romantica. E io mi sento addosso la responsabilità delle tue dichiarazioni.»

«Non volevo metterti ansia. Era un tentativo, forse un po' sciocco, di ringraziarti per la felicità che mi hai regalato.»

«E cosa avrei fatto di particolare?»

«Per esempio, mi sei rimasta accanto con la tua generosità e la tua premura, doti che appartengono a pochi.»

«E cosa hai provato? Dai, dimmelo, voglio sapere», lo incalzò Befana. «Lo sai che noi donne siamo curiose.»

«Altroché se lo so! La mia ultima collaboratrice domestica mi sfiniva con le sue domande.»

«Misantropo!»

«Non è vero! Ehm... comunque, per rispondere alla domanda di prima, ecco, hai generato in me una sensazione di conforto e tenerezza. E non farmi dire altro perché non sono abituato ad aprirmi.»

«E che male c'è?»

«Nessun male. Però mi mette a disagio. Sono

timido. E per noi che non amiamo metterci a nudo davanti agli altri, ogni discorso può diventare una bomba pronta a esplodere.»

«Però ci tengo a sapere se…» aggiunse lei maliziosa.

«Se?»

«Se pensi di conoscermi meglio dopo questa giornata insieme.» Ecco, la «domanda importante» era stata servita a Babbo con tutta l'onestà e franchezza che appartenevano a Befana.

«Sì, credo di aver conosciuto degli aspetti della tua persona che non immaginavo. Ti consideravo austera e irraggiungibile, e anche un po' presuntuosa. Invece sei la donna più gentile e generosa che abbia mai incontrato.»

«Menomale…» ripose Befana. «Quante

volte commettiamo l'errore di dare per scontato che i nostri pregiudizi siano la verità assoluta. Anche tu mi stavi antipatico, sai?»

«Hai visto? Allora abbiamo da imparare entrambi», concluse Babbo con un sospiro di sollievo.

La scopa aveva rallentato, e anche se il buio era fitto, la cima di quelle montagne alte e possenti si vedeva eccome.

«Lo sapevi che le Alpi accolgono decine di migliaia di specie animali e vegetali?» gli domandò lei, orgogliosa di sapere tante curiosità sulla catena montuosa più importante d'Europa.

«Non precisamente, ma lo immaginavo. Vista la loro estensione, non poteva che essere così. Un incanto!» rispose Babbo, tutto preso e concentrato ad ammirare quella distesa infinita di saliscendi. La luna dava una mano a capirci di più. Attraversarono più fronti, da sud a nord, da est a ovest, e poi il freddo li convinse a prendere la strada del ritorno, continuando a chiacchierare tra loro. Befana, con le sue battute, voleva placare l'agitazione che si era creata per quella mezza confessione di Babbo. Aveva capito dove volesse parare il suo caro amico: era una dichiarazione «ad alta tensione».

Se non altro, bisognava ammettere che si conoscevano davvero da tempo immemore, pur essendosi mantenuti a debita distanza con coriacea volontà. Ma la loro presenza era imprescindibile per i bambini, per cui lei non poteva esistere senza di lui e viceversa-

sa. Ecco spiegata la ragione della loro familiarità, che non aveva bisogno di certificati o dichiarazioni ufficiali.
«Ti voglio bene», gridò lui in mezzo al cielo.
«Anche *iooooooo*!» rispose Befana, e la sua voce rimbombò tra le nuvole scure in quella serata magica.

Babbo sarebbe rimasto su quella scopa per sempre, a godersi una sensazione di pace senza precedenti. Ora sapeva quanto valesse la possibilità di staccarsi dagli *affanni terreni*, avvolto solo dall'immensità dell'universo. Vicino alle stelle, vicino all'infinito. Ciò che gli uomini possono soltanto sognare a occhi aperti.
Si stava proprio bene in quel paradiso e pensò addirittura che avrebbe barattato vo-

lentieri la sua slitta con una scopa supersonica adatta alle sue misure. Ma chissà cosa avrebbero detto i bambini se avessero scoperto che aveva abdicato alla sua amata slitta per una moderna scopa ultraleggera.
In un baleno atterrarono davanti alla porta di casa, parcheggiando il potente mezzo di saggina.
In piedi sull'uscio, Babbo era già triste per la frase che non avrebbe voluto sentire. Era pronto per fare un discorso a Befana, dirle che era meglio che lei non andasse via con quel freddo polare, ma lei lo sorprese con la sua solita genialità.
«Senti, mentre stavamo lassù ho pensato che sarebbe il caso... ehm... cioè, visto la serata particolare, ecco... mi piacerebbe cenare con te.»

«Capperi, che regalo mi fai!» esclamò Babbo commosso.
«Be', è la Vigilia di Natale, potremmo festeggiarla insieme...» aggiunse lei con studiata disinvoltura per non far trapelare la sua innata timidezza. Della sicurezza mostrata all'inizio, era rimasto solo un pallido ricordo. Ora sembrava una ragazzina, incapace di tenere testa agli sguardi di quell'uomo che provava per lei una gratitudine sincera.
Per togliersi dall'imbarazzo disse che dopo aver cenato al calduccio sarebbe andata via, come aveva già previsto. Ma certi discorsi, quando il cuore batte sotto sollecitazioni di eventi imponderabili, si da dove cominciano, ma mai dove andranno a finire.
«Allora, che ne pensi Babbo della mia pro-

posta? Ti piace?» domandò con una vocina tenera, desiderosa di capire quanto lui gradisse la sua presenza in casa sua.

«Perbacco, mi piace eccome! Se dipendesse solo da me potresti rimanere qui tutto il tempo che vuoi. Ma prima andiamo a fare la spesa. Ok?»

Babbo era visibilmente e piacevolmente sconvolto e non sapeva che altro dire.

Lei gli sorrise, provocandogli la sensazione (o piuttosto intuizione) che avrebbero trascorso il più bel Natale della loro vita.

Si rimisero sulla scopa e in un batter di paglia – decollo e atterraggio in meno di quindici secondi – furono davanti al negozio di Alen.

Era tardissimo, però il simpatico bengalese non aveva ancora abbassato le serrande. Sta-

kanovista a oltranza! pensò Babbo vedendolo dietro il banco.
Il ragazzo rimase sbalordito nel veder comparire due clienti dal nulla. E ancora più sbalordito quando constatò che uno dei due era proprio Babbo (o meglio, il «signor Bobby», come si faceva chiamare per non farsi riconoscere), per giunta in compagnia di una donna.

Era un miracolo!

Assurdo.

Stupefacente.

No, di più, sconvolgente.

Quasi scioccante.

Alen si chiese come avessero fatto a raggiungere il negozio con quella bufera. Tra l'altro, pur conoscendo il signor Bobby da anni, non lo aveva mai visto così contento e disinvolto. Era sempre discreto e gentile, certo, ma ora il nonnino sembrava posseduto da una gioia irrefrenabile. Qui gatta ci cova, pensò. E la donna che era con lui, con quel viso magro, quasi scavato, illuminato da due incredibili occhi celesti, gli sembrava familiare.

Ma chi poteva essere?

Non riusciva a togliersi dalla testa l'idea di averla già incontrata da qualche parte.

Forse l'aveva vista in Tv, ospite in qualche talk show, o magari sui giornali per qualche fatto di cronaca? Molto strano, però, perché non sembrava né una showgirl, né un'attrice. E nemmeno una cantante, con quell'aspetto tutt'altro che curato. Né tantomeno dava l'idea di essere una ladra o un'assassina. Ma non bisogna mai giudicare dalla pri-

ma impressione, si ammonì da solo Alen, visto che nella vita, proprio per aver dato ascolto a certi preconcetti, aveva commesso qualche errore.
In lei c'era qualcosa di ammaliante, anche se era lontana anni luce dai canoni di bellezza contemporanei, vero, ma era interessante e aveva uno sguardo magnetico. Chi poteva mai essere quella strana figura vestita come una mendicante, con le scarpe di almeno due misure più grandi, il naso aquilino, le rughe scavate sulla fronte e i capelli nascosti sotto un fazzoletto nero stretto intorno al volto? Sembrava un mistero impossibile da risolvere.
«Come stai, Alen?» gli domandò Babbo, consapevole di averlo incuriosito. Per quanto stordito dal fascino di Befana, restava

comunque il Babbo scaltro e navigato di sempre.
«Io sto bene, caro amico, ma stasera qui non si vende nulla. Sono rimasti tutti a casa per la bufera. E poi tra un po' è ora di cena. È la Vigilia di Natale, signor Bobby!»
E sotto sotto aspettava che il suo cliente gli dicesse qualcosa di più sostanzioso: com'erano arrivati sin lì? Chi era quella signora? Dove avrebbero cenato? C'era del tenero fra loro?
Chissà quante altre domande gli avrebbe rivolto, se avesse potuto. Invece non fiatò e continuò a scrutare la donna con discrezione, sicuro che avesse un aspetto familiare.
«Eh, già», rispose Babbo, facendo finta di nulla. «Stasera tutti a casa a guardare la televisione. Ma la Vigilia è una serata particola-

re, lo sai, ecco perché siamo qui. Abbiamo bisogno dell'occorrente per preparare una cena indimenticabile.»

All'improvviso si sentì un tonfo terribile.

Babbo si spaventò, temeva che Befana fosse caduta e si fosse fatta male; invece, non appena la raggiunse, scoprì con sollievo che a cadere era stata una lunga fila di scatolette: tonno, fagioli, piselli e legumi vari.

Quell'assordante fuori programma li mise di buonumore, invogliandoli a procedere con le presentazioni.

«Alen, voglio farti conoscere una mia cara amica... Lei è... Sì, ecco, lei è... una donna speciale!» E non seppe che altro dire.

Fu Befana a togliere tutti dall'imbarazzo.

«E dillo, no? Sono una tua vecchia compagna di scuola!»

«Stavo per farlo, ma mi hai tolto le parole di bocca.»
E si fecero l'occhiolino.
«E va bene», intervenne ancora Befana. «Sono una donna speciale che è molto contenta di conoscerti, Alen. Dunque, avremmo bisogno di…»
Riempirono il carrello di provviste, mettendoci dentro dalle uova allo spumante, passando per le verdure di stagione, e poi pasta, sale, olio, formaggi, passata di pomodoro, riso, latte, pancetta e salsicce di Norcia.
«E direi di aggiungere anche un po' di farina, burro, zucchero, lievito di birra, canditi, uvetta e vaniglia, perché stasera preparerò un panettone coi fiocchi», concluse Befana.
«Cos'è stato?» esclamò Babbo, distratto da

MINIMARKET
APERTO

un debole guaito. Era il lamento di un animale o un bambino che stava piangendo?

«Stia tranquillo», rispose Alen. «Ho lasciato la radio accesa in magazzino. Ero sceso per sistemare della merce e ho dimenticato di spegnerla.»

Babbo non sembrava molto convinto di quella spiegazione. E anche Befana era alquanto scettica. L'aveva sentito chiaramente anche lei quel lamento. Ma finsero di crederci, perché non volevano sembrare due ficcanaso.

«Allora grazie della sua gentilezza e tanti auguri di buon Natale, Alen», disse lei per mettere fine a quella pantomima. Ne era certa, là sotto il ragazzo nascondeva qualcosa. «E adesso chiuda e vada a casa da sua moglie e dai suoi figli. La staranno aspettando.»

«Lo faccio subito, abito davvero poco distante», rispose lui, accogliendo anche gli auguri del signor Bobby che intanto, oltre a dirgli buon Natale, gli ricordava che avrebbe pagato il conto a fine mese. Poi filò via insieme a Befana, sparendo dietro l'angolo.

Alen si affacciò per capire dove fossero diretti e con quale mezzo di trasporto, ma andavano così veloce che li perse di vista dopo un attimo.

Alla fine si convinse di aver vissuto un sogno.

Pensò che fosse meglio non raccontare niente a nessuno e sperare che un giorno il suo amico gli avrebbe detto la verità.

Befana era proprio un'ottima cuoca. Cucinò quasi tutte le verdure che avevano acquistato e preparò anche del riso con uova, piselli, pancetta e spezie. Una ricetta del tutto nuova che chiamò «Risotto natalizio al sapore orientale».

Mentre friggevano i peperoni insieme alle cipolle di Tropea, bussarono alla porta.

Si guardarono stupiti.

«Chi può essere a quest'ora?» chiese Befana.

«Non ne ho idea», disse Babbo.

«Be', allora vai a controllare», rispose lei, che non stava nella pelle dalla curiosità.

Ma alla porta non c'era nessuno. Solo un sacco di iuta e nient'altro. Babbo rimase perplesso per qualche secondo – di solito era lui a portare i doni la Vigilia di Natale – poi si piegò per sollevarlo.

Richiuse la porta alle sue spalle e portò il

sacco in salotto. Si accorse subito che dentro c'era qualcosa che si muoveva. Ebbe un sussulto. Cosa poteva essere?

Anche Befana si avvicinò, aveva gli occhi sgranati ed era eccitata proprio come una bambina.

Babbo infilò tutte e due le mani fino in fondo al sacco e… tirò fuori un cagnolino.

«Oddio!» esclamò, con gli occhi che gli si riempivano di lacrime. «Chi l'avrà portato fin qui? Guarda, Befana, sta tremando. Presto, vai in camera mia a prendere qualcosa con cui coprirlo per bene.»

Lei corse a spegnere il fuoco sotto ai peperoni che stavano friggendo e salì al piano di sopra. Era incredula: quel musetto dolce l'aveva già conquistata, e provava una gioia irrefrenabile. Ridiscese in tutta fretta e insieme a Babbo avvolsero il cucciolo in una coperta, lasciando che spuntasse fuori solo la testa. Lo accarezzarono a più riprese, fino a quando non si calmò del tutto, e poi gli diedero del latte con una siringa, e quando furono sicuri di averlo accudito a dovere, si sedettero per cenare in tranquillità. Certo, il cibo si era un po' raffreddato, ma che importanza poteva avere davanti a una sorpresa così bella?

«Come lo chiameremo?» disse Babbo.

«Ah! Il nome devi deciderlo tu», rispose Befana. «Secondo me chi l'ha portato qui sapeva già che te ne saresti preso cura, quindi spremiti le meningi e datti da fare!»

«Lo chiameremo Pepè», disse allora lui, senza pensarci oltre.

«Perché proprio Pepè?»

«Perché tanti anni fa avevo fatto amicizia con un cane che si chiamava così. Ogni giorno veniva ad accucciarsi qui, davanti alla porta», e indicò l'ingresso di casa con lo sguardo languido, «e col tempo eravamo diventati inseparabili. Mi aspettava sempre alla stessa ora, ma non voleva mai entrare. Io gli mettevo le sue ciotoline in un angolo, lui si rifocillava e poi andava via... Era abituato a vagare per la città libero e felice. Poi un giorno non è più tornato. Ho sofferto tanto, e speravo che prima o poi sarebbe ricomparso. E invece no. Ma ora, con la presenza di questo cucciolo, è come se Pepè, il primo Pepè, non fosse mai scomparso. E magari è stato proprio lui a volere che il mio nuovo e piccolo amico arrivasse fino a me.»

«Sì, mi piace questo nome», disse Befana.

«E credo che tu abbia ragione: è come se l'amore che provavi per quel cane non fosse svanito nel nulla.»

Sistemarono Pepè in una cesta vicino al tavolo e continuarono a godersi la cena. Babbo era in estasi. Quante bontà tutte insieme! Si stava abbuffando sotto lo sguardo divertito della Befana e Pepè già russava, sprofondato nel mondo dei sogni. Ogni tanto era scosso da un fremito ma tornava subito tranquillo.

Era davvero come essere in paradiso: il camino acceso, la musica soul jazz in sottofondo, quel cucciolo tenerissimo… E loro brindavano di continuo. Il vino era un nettare rosso rubino dal sapore fruttato e i bicchieri non facevano in tempo a vuotarsi che Babbo ne versava dell'altro.

A mezzanotte lui le porse un pacchettino con del nastro tutto intorno.
Lei proprio non se lo aspettava e rimase di stucco. «Ma allora stasera le sorprese abbondano, eh?»
«Sennò che Babbo Natale sarei?» rispose, orgoglioso di averla lasciata ammutolita.
Befana slegò il fiocco con le mani che le tremavano, scartò la confezione e si trovò davanti un angioletto di ceramica.
Sulle sue guance scesero due goccioline brillanti.
Anche Babbo si era sciolto per la commozione, e per tutta risposta la prese per mano e la portò fuori ad ammirare le mille luci della notte.
«Ma come hai fatto a comprarmi un regalo, se da ieri non ci siamo separati un momento?»

«Era un oggetto che avevo preso tempo fa in un negozio qui vicino», rispose Babbo. «E lo avevo messo da parte per un'occasione importante. Mi ero ripromesso di regalarlo alla prima persona speciale che avrei incontrato nella mia vita, e ora eccomi qua. Non ricordavo che si potesse essere così felici. Grazie dal profondo del cuore, e spero tanto che rimarrai in questa casa ancora per molto.»

L'aria era pungente, il cielo un manto scuro ricamato di stelle. In lontananza si sentivano i cori di voci infantili. Nelle chiese affollate si celebrava la nascita di Gesù Bambino.

Anche Befana intonò un semplice motivetto. Erano versi che aveva memorizzato in tempi lontani ma che erano sempre vivi nei suoi pensieri. Babbo li riconobbe subito, stupendosi, e si unì al canto col suo vocione emozionato. Poi, quando finalmente il subbuglio che avevano dentro si placò un attimo, rientrarono in casa per mangiare il panettone.

Nell'ultimo brindisi, Befana suggerì a Babbo di andare «in quel posto speciale», che per le condizioni meteo avverse lui aveva consigliato di evitare.

«Davvero te la senti di darmi un passaggio con questo freddo?» domandò esterrefatto.

«Certo che sì.»

«Allora sistemo Pepè e andiamo.»

In pochi minuti raggiunsero una casa poco fuori dalla città. Dietro i vetri videro dei bambini e dei ragazzi che giocavano e chiacchieravano con alcuni adulti. C'era un'atmosfera di assoluta serenità.

«Sei pronta, Befana?»

«Sì. Ti passo il sacco.»

Quando Babbo entrò, tutti urlarono per la gioia e la sorpresa. Lui guardò fuori e fece segno alla sua socia di raggiungerlo, ma lei si ritrasse all'istante, per lasciargli godere in prima persona tutta la gloria che meritava. Lo pensavano entrambi, chiaro, che fare del bene e donare amore sia l'unica e vera ricchezza in grado di dissetare l'anima. Anche se su un principio Babbo aveva assolutamente ragione: in due era tutta un'altra storia.

In quella casa che accoglieva giovani con una storia difficile, e con un nome che richiamava una filastrocca – Ambarabà – la felicità consisteva nel mettere in pratica la solidarietà. E dopo aver visto illuminarsi quei volti pieni di speranza, Babbo e Befana risalirono sulla scopa. Adesso era notte fonda, e in cielo non si vedeva nient'altro che la luce riflessa delle stelle che illuminavano ad alternanza. Lungo la rotta cantarono una canzoncina che si sposava perfettamente con la magia della situazione, *Tu scendi dalle stelle*, e fu un ritorno avventuroso e pieno di gioia.

«Ti va un bicchierino di grappa?»
«A questo punto direi proprio di sì», rispose lei.
Pepè si era svegliato, dopo aver sentito i rumori alla porta, e scodinzolava eccitato. Le carezze di Babbo e Befana funzionarono da ipnotico. Riprese subito sonno.

«Lui sì che è stato un dono del cielo», disse Babbo.
«Già. Ma chi può essere stato?»
«Non ne ho idea. Però chiunque abbia avuto questa illuminazione, sia benedetto. Mi mancava proprio un cane a farmi compagnia.»

Befana aveva bevuto qualche bicchiere di troppo e non se la sentì di mettersi sulla scopa per tornare a casa. E poi era troppo tardi, Babbo non avrebbe mai permesso che se ne andasse da sola per le strade, fossero anche quelle del cielo. Era pur sempre una signora, e voleva proteggerla da ogni pericolo.
Quindi la signora salì al primo piano a prepararsi per la notte. La camera di Babbo era

linda e ordinata. Sul letto c'era un pigiama nuovo di tre misure più grandi della sua. Immaginò con quanta cura lui avesse cercato un bel pigiama da darle e quell'attenzione la fece sorridere. Lo indossò come se fosse una raffinatissima camicia da notte, si tirò su le maniche fino al gomito, poi scese in cucina per augurare a Babbo la buonanotte.

Lui si stava preparando una camomilla, e Pepè ronfava ai suoi piedi. «Mi serve per prendere sonno», le disse. «Stasera sono un po' agitato, nel giro di poche ore sono accadute troppe cose belle.»

«Se è per questo, anch'io stanotte avrei tanto bisogno di un calmante», rispose lei. «Prendo volentieri una tazza di camomilla con te.» Poi aggiunse: «Allora che mi dici di queste due giornate trascorse insieme?»

«E me lo chiedi pure?» disse Babbo con aria sorniona. «La risposta la conosci, sei stata testimone di ogni attimo vissuto insieme. Un attimo di stupore può ripagarci di quel che non accade in una vita intera.»

«E cosa ti passa per la testa in questo momento?» Befana non mollava l'osso, voleva tirargli fuori tutti i pensieri più intimi e qualche confessione chiusa a chiave dentro al cuore.

«Sto pensando che domattina molti bambini saranno felici grazie a noi due», disse Babbo.

«Grazie a te, vorrai dire!» puntualizzò lei.

«No, ripeto e sottoscrivo: grazie a noi due. Ricorda quel che ti ho già detto: in due è tutta un'altra storia. Non scordarlo mai.»

«Hai passato una vita a occuparti dei bambini da solo. Cos'è questa novità?»

«Non essere modesta e non far finta di non

capire. Occuparsi del prossimo in prima persona va benissimo, ma se abbiamo qualcuno al nostro fianco con il quale condividere ogni più piccola gioia, allora le soddisfazioni si moltiplicano e si festeggia in due. Ti sembra una spiegazione logica?»

«Oh, che sviolinata... Però ieri sera, quando mi hai aggredita per strada, la pensavi diversamente.»

«Aggredita? Non dirlo nemmeno per scherzo. Ero solo turbato, non capivo chi si nascondesse sotto quello scialle.»

«Va bene, va bene, perdonato.»

«Non mi vergogno di ammettere che prima di incontrarti avevo le mie riserve su di te, ma queste ore in tua compagnia sono state illuminanti. E non dimenticherò mai quanto mi hai aiutato.»

«Siamo stati avversari per troppo tempo», concluse lei in tono bonario. «Ed è stata una fortuna avere avuto la possibilità di recuperare.»

«Già. E d'ora in poi, ogni volta che vedrò la tua scopa disegnata da qualche parte, proverò una nostalgia terribile.»

«Perché parli come se non dovessimo vederci mai più?» replicò lei dispiaciuta.

«Perché sono un tipo malinconico, te l'ho detto.»

«E dunque sei già triste adesso, mentre sono ancora qui con te?»

«Un po' sì, ma non saprei come spiegarlo. È una lotta dentro di me. Da una parte la felicità di averti accanto, e dall'altra l'angoscia di vederti andare via.»

«Ma ogni esperienza ha un inizio e una fine,

non possiamo evitarlo. Basta solo prendere il meglio e fare tesoro di tutto, sofferenze comprese.»

«E quindi?» rispose Babbo. «Anche conoscere questa verità non prepara agli addii.»

«Nessun addio è mai definitivo, l'ho imparato nel tempo. Anche la morte in parte ha i suoi limiti, se abbiamo amato intensamente, perché i legami profondi si spingono oltre la necessità di una presenza fisica.»

«La tua arguzia di donna sensibile mi ha convinto. Però ho ancora in serbo una domanda per te.»

«Se non è troppo imbarazzante, risponderò», disse Befana con un sorriso.

«Qual è stato il Natale più bello della tua vita?»

«Vuoi davvero che ti risponda?»

«Sì, certo.»

«L'ultimo che ho trascorso con i miei genitori.» I suoi grandi occhi celesti si velarono di lacrime. «E il tuo?» chiese immediatamente Befana, sentendosi ormai autorizzata a scavare nei suoi ricordi più intimi.

«Sono stati tutti belli», rispose Babbo. «Perché nei giorni di festa io lavoro, e mi dimentico dei miei guai.»

«Sai che mi hai fatto venire voglia di raccontarti un po' del mio passato?» disse Befana all'improvviso.

Babbo proprio non se l'aspettava di sentirle dire quella frase, e si mise ad ascoltarla in religioso silenzio.

«Da bambina abitavo in un paesino sperduto tra le montagne. Ci conoscevamo tutti, e i miei vicini erano persone affettuose e sensibili. Io amavo molto fare lunghe passeggiate e dopo la scuola mi piaceva andare a giocare da sola vicino al fiume. Un giorno, quando tornai a casa da uno dei miei soliti giri, bussai alla porta ma nessuno mi rispose. Né mio padre, né mia madre. Rimasi fuori un bel po' ad aspettare, finché non cominciai a piangere. I miei vicini sentirono i miei singhiozzi e si affacciarono per capire cosa fosse successo. Mi aiutarono a cercare i miei genitori fino a notte inoltrata, ma non li trovammo. Il giorno dopo una guardia forestale ci disse che in un burrone erano stati trovati due corpi senza vita. Erano loro. I miei vicini, con altruismo, mi adottarono. Mi trattavano come una principessa, anche perché non avevano figli, ma erano già avanti con l'età e morirono presto. Quell'ulteriore perdita mi fece soffrire enormemente, ma poco prima di andarsene mi avevano lasciato in eredità una scopa. Sì, proprio la scopa che conoscono tutti. Mi avevano detto che era magica, e che con lei avrei potuto volare lontano e, se ci avessi creduto, sarei riuscita a realizzare i sogni di tanti bambini. In cambio, avrei ricevuto solo felicità. E così ho fatto. Non mi sono mai chiesta che cosa ne sarebbe stato di me se il destino mi avesse riservato altro, perché tanto non possiamo cambiare il passato. E il futuro è un'incognita, per cui non serve disperarsi anzitempo. Ecco, ora conosci la mia storia, caro Babbo.»

«Non avrei mai immaginato che avessi sofferto così tanto nella tua vita. Ecco perché sai essere tanto generosa.»

«E tu, Babbo, da dove arrivi?»

«Anch'io ho fatto un lungo viaggio. Sono nato in un posto molto bello e affascinante, dove fa quasi sempre freddo: la Finlandia. E il mio villaggio si chiama Rovaniemi. Immerso in un grande bosco con le renne e la neve, e in estate c'è il sole anche a mezzanotte. Non ho mai conosciuto i miei genitori, perché sono morti quando io ero troppo piccolo per capire, dunque la solitudine è stata la mia prima compagna di viaggio. Li ricordo ancora quei primi passi mossi sul pavimento di un orfanotrofio, tra bambini soli come me. Guardavo i loro occhi, la tristezza del loro sguardo, e sentivo di avere un compito ben preciso: proteggerli da altri dispiaceri. Ecco perché ogni volta che incontro un bambino con una storia difficile drizzo le antenne –

quelle che ho dentro, e nessuno vede – e penso subito di dovergli qualcosa. È un istinto naturale, una vocazione, che mi appartiene e mi apparterrà sempre. Preferisco occuparmi del prossimo prima che di me stesso. Per lamentarmi non ho tempo. Che poi è quello che fai tu quando giri con la tua scopa.»

«Condivido ogni tua parola», disse Befana bevendo l'ultimo sorso di camomilla.

«Prima che tu vada a dormire però vorrei farti vedere una cosa», le disse Babbo supplicandola con gli occhi.

«Allora sbrigati che ho sonno.»

«Un minuto», e Babbo salì di corsa al piano di sopra. Tornò con un po' di fiatone e una scatola in mano.

«Qui dentro ci sono alcune delle lettere che ricevo dai bambini durante l'anno. Ma

siccome sono numerosissime, e per catalogarle bisogna essere rigorosi, le metto in scatole di colore diverso e ci attacco sopra un'etichetta con l'anno di riferimento», disse soddisfatto. «In questa celeste, per esempio, ci sono le lettere di quest'anno.»
«Complimenti!» Befana era veramente colpita dalla sua capacità di tenere tutto sotto controllo.
«Per me queste lettere rappresentano un vero patrimonio d'amore», proseguì Babbo. «Sono tutto ciò che ho. Un tesoro di cui nessuno potrà mai derubarmi. A chi vuoi che interessi questa montagna di carta? I ladri hanno fame di ben altro. E tu, Befana, dove conservi le lettere che ricevi?»
«Ah, io sono molto disordinata! Vedendo te, quasi mi vergogno. Però posso assicurarti che

ricordo i particolari di ogni lettera, anche se le tengo sparpagliate per casa e in soffitta. Ma prometto di migliorare. Prenderò esempio da te e comincerò a catalogarle a una a una.»

«Ma tu sei già perfetta così. Non possiamo essere tutti uguali. Pensa che noia se fossimo tutti precisi e organizzati!»

«A proposito di perfezione, caro Babbo, mi vengono in mente quelle persone ossessionate dal bisogno di apparire sempre impeccabili. Ma la perfezione cos'è? E soprattutto, c'è qualcuno che può davvero permettersela?»

Babbo, dopo averla ascoltata con attenzione, rispose che anche per lui l'incapacità di accettare i propri limiti rappresentava una sventura; poi prese in mano una busta stropicciata e disse: «Ecco, questa lettera parla anche di te».

«Di me?» esclamò sorpresa Befana.
«Sì, proprio di te. L'ho ricevuta qualche settimana fa.»
«Non posso crederci», disse. «Leggila, ti prego.»
«Ok, allora apri bene le orecchie e ti sconvolgerò.»

Caro Babbo,
sono Edoardo, un bambino che abita molto lontano da casa tua. Anche se io non lo so bene dove abiti, però la mamma e il papà mi hanno detto che conoscono il tuo indirizzo e che la lettera ti arriverà di sicuro.
Sono molto felice che ogni anno mi fai trovare sotto l'albero dei bei regali, e sono felice che fai regali a tutti, anche ai miei fratelli. Noi siamo poveri, però quando stai per arrivare tu la

nostra casa si riempie di lucine colorate. Anche i miei genitori ti vogliono bene perché non ti dimentichi mai di noi. Sei un vero amico. Qualche volta la mamma piange e dice che a parte te e la Befana nessuno ci aiuta, ma quando sarò grande farò il calciatore e farò stare meglio i miei genitori e i miei fratelli. Mi impegno tutti i giorni e so che ci riuscirò. Ti chiedo solo un favore: se incontri la Befana puoi dirle che le voglio tanto bene e che lei per me è bellissima? Te ne sarò grato per sempre.
Buon Natale da tutti noi.
Con tanto affetto
Edoardo

«Sono senza parole», disse Befana. «La profondità dei pensieri di questo bambino mi ha colpito il cuore.»

«I bambini non parlano mai a vanvera», le ricordò Babbo. «Tu sei bella davvero. Hai qualcosa che nessun vestito elegante, nessun rossetto o pettinatura potranno mai migliorare: il fascino della tua personalità. Sei sempre stata fedele a te stessa, senza cercare di renderti accattivante con mezzucci equivoci. Tu sei tu. Promettimi perciò di non cambiare.»
«Be', si è fatto tardi», rispose Befana visibilmente commossa. Quella lettera aveva scatenato in lei un vulcano di emozioni, ma non aveva voglia di piangere come una bambina davanti a un uomo.
Pepè nella sua cuccia era più sereno che mai.

Qualche ora dopo stava già albeggiando e Babbo dormiva al piano di sotto nel suo

studio. Befana scese quatta quatta dalle scale attenta a non fare rumore. Entrò in cucina, si avvicinò alla cuccia di Pepè per fargli una carezza. Quanto era bello quel batuffolo di peli scuri con due ciuffetti bianchi sopra gli occhi che riposava steso su un fianco. Poi posò un foglio sul tavolo e lo fermò con una delle tazze che Babbo aveva già preparato per la loro colazione. Uscì dalla stanza, si girò per dare un ultimo sguardo e sulle sue guance scese una lacrima.
Una volta fuori, prese la scopa appoggiata al muro e andò per la sua strada.
Che tristezza! Che dispiacere!
Mentre saliva verso il cielo, virò a destra per fare una fermata. Era sua intenzione dire grazie a qualcuno che aveva voluto restare anonimo. Scese giù, fece quel che doveva e

risalì più veloce che mai. E intanto che dava forza alla sua scopa sentì come una scossa dentro: il desiderio di tornare indietro la assalì all'improvviso, ma resistette.

Non voleva cedere alle sue debolezze e, anche se il cuore le suggeriva altro, si ricordò della promessa di tenere duro che aveva fatto a se stessa e continuò a salire sempre più veloce, sempre più in alto.

Pianse. Stavolta le lacrime erano più abbondanti e scivolavano sul suo viso come neve sciolta.

Le mancava già l'odore di quella casa dove era stata accolta come una regina, dove il calore di un'amicizia appena sbocciata le aveva rivelato una santa e profonda verità: da soli possiamo fare molto, ma in due è tutta un'altra storia.

Era dispiaciuta di essere scappata come una ladra, ma se fosse rimasta ancora avrebbe rischiato di non andarsene più. E non poteva permettersi di cambiare la vita che si era scelta. I bambini prima di tutto.

Tuttavia era cosciente che Babbo, svegliandosi, avrebbe provato la stessa sensazione di smarrimento che stava provando lei adesso. Sperava almeno che leggendo la lettera che gli aveva scritto durante la notte lui potesse comprendere la sua decisione.

Lì c'era spiegato ogni suo pensiero, ogni sua speranza.

Guardò dritto davanti a sé, continuando a volare. Dopo pochi minuti la casa di Babbo fu solo un puntino bianco, lontano lontano.

Eppure Befana non lo considerava un addio, perché si sarebbero senz'altro rivisti in qualche altra parte del mondo. Ancora una volta loro due insieme, amici come non mai.

Verso le otto, un pallido sole illuminò lo studio di Babbo, e un raggio più deciso lo colpì dritto negli occhi. Si svegliò abbastanza riposato e più felice del solito. Era ancora in estasi per le chiacchiere notturne con la sua ospite. Perché quando si è felici il tempo vola. Non è solo un modo di dire: ora lo sapeva con certezza, perché lo aveva sperimentato di persona. Befana, nel giro di poche ore, era diventata qualcosa di più di una semplice amica, e doveva confessarglielo. Era innamorato e intendeva farsi avanti. Aveva già preparato un bel discorsetto, aspettava solo che lei scendesse. Con le dovute maniere le avrebbe manifestato i suoi sentimenti e avrebbe atteso la sua risposta. Positiva o negativa che fosse, sempre meglio essere sinceri. Era l'unica regola di vita che conosceva.

Andò in cucina, controllò che Pepè dormisse tranquillo, poi si sedette al tavolo con il cuore in gola. Notò un foglio di carta sotto una tazza vuota. Si infilò svelto gli occhiali e cominciò a leggere. Una ruga profonda gli corrugò la fronte.

Caro Babbo,

questi due giorni con te sono stati meravigliosi. Sapevo già che sei un uomo generoso, ma non avrei mai immaginato quanto. Mi hai trattata come una regina, e te ne sarò sempre grata. Ora però devo ritornare alla mia vita di sempre. Lo sai che vivo da sola e che sono abituata ad affrontare tutto con le mie forze. Non conto su nessun altro. Ho il mio lavoro da portare avanti, le mie noie (e anche le mie piccole gioie) quotidiane, e non posso cancellare il mio passato solo perché sono stata bene con te. La solitudine ha i suoi aspetti piacevoli, e sono sicura che ne sia convinto anche tu. Ormai siamo entrambi abituati al silenzio, alle serate in casa a leggere un libro o a meditare guardando fuori dalla finestra. Io poi, con la mia scopa, ho la possibilità di vedere dall'alto ciò che mi circonda, ed è una meraviglia continua. Peccato che gli uomini spesso e volentieri non se ne rendano conto e rischiano di rovinare questo giardino fiorito anche ai loro figli. Ma io so che saranno proprio i nostri bambini a salvarci. Sono pieni d'amore e di sogni bellissimi. Dobbiamo difenderli, e proteggere la loro miracolosa ingenuità.

Devo ammettere che in questi giorni trascorsi insieme mi hai fatto sentire anche bella. So perfettamente di non essere nata con un aspetto da Miss, ma è una constatazione che non mi ha mai fatto soffrire. La vera tristezza è dannarsi davanti allo specchio, perdendo tempo a concentrarsi solo sui difetti, senza prestare attenzione alle altre qualità che possediamo in abbondanza.

Custodirò nel mio cuore i nostri momenti pieni di gioia, perché l'amicizia è un dono immenso, e posso assicurarti che quando avrai bisogno di me, ci sarò. Mi troverai sempre pronta a darti il mio aiuto. Abito dove è sempre notte, strada centrale, e davanti alla mia porta c'è sempre la scopa parcheggiata. Ecco, adesso sai anche come trovarmi.

Infine, voglio confessarti un segreto: se mai nella vita dovessi innamorarmi di qualcuno, be', questo qualcuno potresti essere solo tu. Ma non crederci troppo, eh!

Promettimi che non sarai triste per la mia partenza. Devo preparare i doni che ho nel sacco, per questo sono andata via. E la notte del 5 gennaio mi vedrai volare nel cielo più allegra che mai. Ora ti lascio, amico caro, e ricorda: l'affetto che nutro per te sarà eterno, e ti farà compagnia soprattutto nei momenti difficili. Ci rivedremo presto, magari dopo le feste, quando avrò finito le mie consegne.

P.S.: Non stare in pensiero per il colesterolo; e se anche ogni tanto dovessi sgarrare, il buon Dio ti manterrà in salute perché abbiamo

tutti bisogno di te. Buona fortuna e prenditi cura di Pepè. Lui sarà il tuo amico più fidato. E ogni tanto dagli un biscottino anche da parte mia.
A presto, spero.
Tua Befana

Gli occhi di Babbo si riempirono di gocce cristalline e la lettera gli scivolò dalle mani, finendo per terra. La raccolse, poi si tolse gli occhiali per asciugarsi le lacrime e guardò fuori dalla finestra in cerca di una scia luminosa.
Non c'era più. Lei era veloce come il vento. E come il vento non aveva lasciato tracce.
Era andata via con la sua solita discrezione, senza fare alcun rumore. Ormai la conosceva bene.

Qualche istante dopo bussarono alla porta. L'illusione che potesse essere lei, pentita della sua decisione, durò solo un attimo. Sulla soglia c'era Alen, con il suo dolce sorriso.

«Buongiorno, Alen. Come mai qui?»

«Posso entrare?» chiese timidamente il giovane.

«Certo! Intanto auguri e buon Natale», disse Babbo.

«Auguri anche a lei, signor Babbo Natale.»

«Co… Cos… Cosa?»

«Sì, so tutto. Ma non si preoccupi, non lo dirò a nessuno.»

«Ma… come fai a sapere chi sono?» domandò sbalordito Babbo.

«Me lo ha detto la sua amica Befana stamattina, prima di tornare a casa.»

«Oddio, che confusione! Vieni Alen, sediamoci e raccontami tutto.»

«Ecco, signor Babbo, innanzitutto volevo dirle che sono stato io a lasciarle il cucciolo di cane davanti alla porta ieri sera. L'ho trovato per strada, era infreddolito e tremava. Così, non sapendo che fare, l'ho portato da lei. Io di cani ne ho già due, e ho pure cinque figli e una moglie. E poi lo sa, lavoro tutto il giorno al minimarket, e anche mia moglie sta fuori casa fino a tardi per guadagnare qualche soldo. E siccome lei mi ha sempre detto che è felice quando può dare una mano al prossimo, ho pensato che poteva aiutare anche quel povero animale. Ma sapevo che aveva ospiti, e non volevo disturbare, allora mi sono permesso di fare a modo mio. Spero che non sia arrabbiato con me.»

«Ma no, Alen, tranquillo. Pepè sarà il mio portafortuna... E di Befana, invece, che mi dici?»

«Stamattina all'alba era davanti al mio negozio. Stavo tirando su la saracinesca per prendere il latte per la mia famiglia, visto che ieri l'avevo dimenticato, e lei mi si è avvicinata. Mi ha confessato la sua vera identità, e mi ha detto che secondo lei noi due possiamo diventare buoni amici. Mi ha detto proprio così e io ne sono stato felice. È davvero una donna eccezionale. Aveva ragione, signor Babbo, è proprio generosa e gentile. E mi ha anche suggerito che potrei aiutarla con Pepè quando lei è al lavoro. Aveva capito subito che ero io l'artefice del

dono, ma non voleva rovinarmi la sorpresa. Mi sono ricordato del suo dispiacere quando il primo Pepè non si è fatto più vedere, e così ho pensato di regalargliene un altro. Ho fatto bene?»

«Hai fatto benissimo», disse Babbo.

«Adesso però devo tornare a casa. I miei bambini aspettano me per fare colazione. Allora, tanti auguri signor... Sì, signor Babbo Natale! Ma ci rivedremo presto, e grazie da parte mia e di tutti i bambini che la adorano. Sono onorato di essere suo amico.»

Alen se ne andò sorridendo e Babbo si sentì risollevato. Prese il fazzoletto e si asciugò le ultime lacrime per le tante e belle sorprese che gli stava riservando la vita. Di certo il suo amore per Befana non si sarebbe mai esaurito, ma sapeva che l'amore può prendere varie forme, di cui l'amicizia è la più sublime.

Sì, poteva gridarlo forte: ERA UN BABBO FORTUNATO!

Pepè proprio in quel momento cominciò ad abbaiare.

Il cucciolo aveva fame!

Babbo andò in cucina per prepararargli la sua pappa natalizia, ma prima di dedicarsi a lui scostò le tende della finestra e si rivolse a Befana: «Grazie, perché con il tuo affetto infinito mi hai insegnato che esseri disposti a lasciare andare chi amiamo non è disinteresse ma amore puro».

LE FIABE SONO COSÌ

di Vera Slepoj

Le fiabe sono così, un dono che gli scrittori hanno fatto sempre per ogni bambino. Le fiabe costruiscono la capacità narrativa di chi, in età evolutiva, si prepara a creare un ponte fra immaginazione e realtà. Fiabe antiche, pensate per far procedere l'individuo dentro il proprio tempo, guardare senza paura ciò che temiamo: il buio della notte di Pollicino, gli orchi e demoni della violenza in Hänsel e Gretel, l'incrocio tra lo sguardo piccolo e grande di Gulliver, ma anche i traumi dell'adolescenza, la verginità e l'amore di Biancaneve e Cenerentola. Ci sono poi gli scenari della speranza come quelli del mondo di Harry Potter o del Signore degli Anelli. Bruno Bettelheim è stato un grande psicanalista che ha decodificato le fiabe, ma anche altri, come Carl Gustav Jung con il suo mondo esoterico. Magia, incantesimi, segreti, stupore, è un susseguirsi di insegnamenti regalati dalla letteratura all'umano affinché non si perda e guardi dentro se stesso con coraggio. Per i bambini le fiabe contribuiscono a tenere intatto il collegamento tra il pensiero magico e l'incontro con la realtà, dando suggerimenti, soluzioni, ma anche un dolce accompagnamento se le fiabe vengono lette con i propri

genitori. Babbo Natale invero rappresenta la capacità, che viene data come occasione ai bambini, di poter superare i confini della loro visione della casa, dei famigliari e del mondo esterno. Alla luce dei fatti Babbo Natale è una figura che contribuisce a decodificare quel gran mondo difficile da contenere che sono gli adulti.
Mondi paralleli, fantastiche realtà legate al pensiero magico del bambino, che con Babbo Natale riescono ad accorciare le distanze tra le loro paure profonde, fra tutte quella dell'ignoto. Babbo Natale è un personaggio generoso, di fatto la sintesi di una forma di saggezza costruita sull'antico personaggio nordico di Santa Klaus; il nostro Babbo Natale va e viene nel cielo, di notte, con le sue renne, veloci destrieri, fisiognomica da

sempre della velocità dell'inverosimile che costruisce il reale.

La Befana è la figura che taglia le stelle a cavallo della sua scopa, è una specie di simbologia della casa che si muove, che protegge e pulisce tutto ciò che l'uomo non sa gestire e che accumula nella propria memoria.

Un cognitivo festoso, questo è il mondo della fiaba, e Catena Fiorello sale su quella scopa, raccoglie i desideri, cavalca le sue renne, quel pensiero veloce che le è proprio: lei sa come entrare e uscire magicamente dal suo stesso personaggio.

L'amore, in questa fiaba, unisce mondi terreni e mondi magici, il bianco e il nero, se si incroceranno, consentiranno tutti gli aspetti dell'immaginazione. Cos'è la magia, in fondo, se non l'arte dello stupore,

di poter aprire gli occhi e riuscire a trovarsi dove non te lo saresti mai immaginato? La libertà è una costruzione che non prevede pregiudizi sul risultato, così è questa fiaba, un'organizzazione di incrocio di mondi, di emozioni e di possibilità. La vita incontra sempre i suoi fantasmi e attraverso un'epica storia esemplare di assoluta leggerezza, scrive e fa rivivere il mondo complesso delle relazioni.
Babbo Natale con le sue renne e la Befana così vecchia, sola e con la sua scopa, riescono a creare un nuovo mondo fantastico perché le fiabe sono così: ti allargano la visione del mondo. Catena Fiorello in questa circostanza ci fa stare seduti sulle nostre nuvole, sopra i nostri pensieri, accoccolati davanti a una sorta di teatro a guardare le

nostre storie, facendoci ricucire, almeno in queste pagine, i sentimenti che si devono contrapporre all'arroganza della verità e alla razionalità a tutti i costi.

E chissà se nelle notti stellate riusciremo a vedere prima o poi brillare qualche sogno.

Stampato nel novembre 2017
per conto di Baldini&Castoldi s.r.l.
da Grafica Veneta S.p.A. - Trebaseleghe (PD)